IRACEMA

Dados Internacionais de Catalogação na Publicação (CIP)
(Câmara Brasileira do Livro, SP, Brasil)

Alencar, José de Alencar, 1829-1877
Iracema / José de Alencar. – Petrópolis, RJ : Vozes, 2016. – (Selo Vozes de Bolso – Literatura)

ISBN 978-85-326-5164-8

1. Romance brasileiro I. Título. II. Série.

15-09572 CDD-869.3

Índices para catálogo sistemático:

1. Romances : Literatura brasileira 869.3

José de
Alencar

IRACEMA

Vozes de Bolso

Rua Frei Luís, 100
25689-900 Petrópolis, RJ
www.vozes.com.br
Brasil

Diretor editorial
Frei Antônio Moser

Editores
Aline dos Santos Carneiro
José Maria da Silva
Lídio Peretti
Marilac Loraine Oleniki

Secretário executivo
João Batista Kreuch

Coordenação literária, comentários e notas:
Leandro Garcia Rodrigues
Editoração: Flávia Peixoto
Diagramação: Sheilandre Desenv. Gráfico
Capa: visiva.com.br
Ilustração de capa: John La Farge.
A Bridle Path in Tahiti.

ISBN 978-85-326-5164-8

Editado conforme o novo acordo ortográfico.

Este livro foi composto e impresso pela Editora Vozes Ltda.

À
Terra natal
Um filho ausente

Prólogo da primeira edição

Meu amigo,

Este livro o vai naturalmente encontrar em seu pitoresco sítio da várzea, no doce lar, a que povoa a numerosa prole, alegria e esperança do casal.

Imagino que é a hora mais ardente da sesta.

O Sol a pino dardeja raios de fogo sobre as areias natais; as aves emudecem; as plantas languem. A natureza sofre a influência da poderosa irradiação tropical, que produz o diamante e o gênio, as duas mais brilhantes expansões do poder criador.

Os meninos brincam na sombra do outão, com pequenos ossos de reses, que figuram a boiada. Era assim que eu brincava, há quantos anos, em outro sítio, não mui distante do seu. A dona da casa, terna e incansável, manda abrir o coco verde, ou prepara o saboroso creme do buriti para refrigerar o esposo, que pouco há recolheu de sua excursão pelo sítio, e agora repousa embalando-se na macia e cômoda rede.

Abra então este livrinho, que lhe chega da corte imprevisto. Percorra suas páginas para desenfastiar o espírito das cousas graves que o trazem ocupado.

Talvez me desvaneça amor do ninho, ou se iludam as reminiscências da infância avivadas recentemente. Se não, creio que, ao abrir o pequeno volume, sentirá uma onda do mesmo aroma silvestre e bravio que lhe vem da várzea. Derrama-o a brisa que perpassou os espatos da carnaúba e a ramagem das aroeiras em flor.

Essa onda é a inspiração da pátria que volve a ela, agora e sempre, como volve de contínuo o olhar do infante para o materno semblante que lhe sorri.

O livro é cearense. Foi imaginado aí, na limpidez desse céu de cristalino azul, e depois vazado no coração cheio das recordações vivazes de uma imaginação virgem. Escrevi-o para ser lido lá, na varanda da casa rústica ou na fresca sombra do pomar, ao doce embalo da rede, entre os murmúrios do vento que crepita na areia, ou farfalha nas palmas dos coqueiros.

Para lá, pois, que é o berço seu, o envio.

Mas assim mandado por um filho ausente, para muitos estranho, esquecido talvez dos poucos amigos, e só lembrado pela incessante desafeição, qual sorte será a do livro?

Que lhe falte hospitalidade, não há temer. As auras de nossos campos parecem tão impregnadas dessa virtude primitiva, que quantas raças habitem aí a inspiram com o hálito vital. Receio sim que seja recebido como estrangeiro e hóspede na terra dos meus.

Se porém, ao abordar às plagas do Mocoripe, for acolhido pelo bom cearense, prezado de seus irmãos ainda mais na adversidade do que nos tempos prósperos, estou certo que o filho de minha alma achará na terra de seu pai a intimidade e conchego da família.

O nome de outros filhos enobrece nossa província na política e na ciência: entre eles o meu, hoje apagado, quando o trazia brilhantemente aquele que primeiro o criou. Neste momento mesmo, a espada heroica de muito bravo cearense vai ceifando no campo da batalha ampla messe de glória. Quem não pode ilustrar a terra natal canta as lendas suas, sem metro, na rude toada de seus antigos filhos.

Acolha pois a primeira mostra, para oferecê-la aos nossos patrícios a quem é dedicada.

Este pedido foi um dos motivos de lhe endereçar o livro; o outro lhe direi depois que o tenha lido.

Muita cousa me ocorre dizer sobre o assunto, que talvez devera antecipar à leitura da obra, para prevenir a surpresa de alguns e responder às observações ou reparos de outros.

Mas sempre fui avesso aos prólogos; em meu conceito eles fazem à obra o mesmo que o pássaro à fruta antes de colhida; roubam as primícias do sabor literário. Por isso me reservo para depois.

Na última página me encontrará de novo; então conversaremos a gosto, em mais liberdade do que teríamos neste pórtico do livro, onde a etiqueta manda receber o público com a gravidade e reverência devida a tão alto senhor.

Rio de Janeiro, maio de 1865.

J. de Alencar

I

Verdes mares bravios de minha terra natal, onde canta a jandaia* nas frondes da carnaúba.

Verdes mares que brilhais como líquida esmeralda aos raios do Sol nascente, perlongando as alvas praias ensombradas de coqueiros.

Serenai verdes mares, e alisai docemente a vaga impetuosa, para que o barco aventureiro manso resvale à flor das águas.

Onde vai a afoita jangada, que deixa rápida a costa cearense, aberta ao fresco terral a grande vela?

Onde vai como branca alcíone[1] buscando o rochedo pátrio nas solidões do oceano?

Três entes respiram sobre o frágil lenho que vai singrando veloce, mar em fora.

Um jovem guerreiro cuja tez branca não cora o sangue americano: uma criança e um rafeiro que viram a luz no berço das florestas, e brincam irmãos, filhos ambos da mesma terra selvagem.

A lufada intermitente traz da praia um eco vibrante, que ressoa entre o marulho das vagas:

– Iracema!*

O moço guerreiro, encostado ao mastro, leva os olhos presos na sombra fugitiva da terra: a espaços o olhar empanado por tênue lágrima cai sobre o jirau*,

---

1. Ave mitológica de grande beleza.

onde folgam as duas inocentes criaturas, companheiras de seu infortúnio.

Nesse momento o lábio arranca d'alma um agro sorriso. Que deixara ele na terra do exílio?

Uma história que me contaram nas lindas várzeas onde nasci, à calada da noite, quando a Lua passeava no céu argenteando os campos, e a brisa rugitava* nos palmares.

Refresca o vento.

O rulo das vagas precipita. O barco salta sobre as ondas; desaparece no horizonte. Abre-se a imensidade dos mares; e a borrasca enverga, como o condor, as foscas asas sobre o abismo.

Deus te leve a salvo, brioso e altivo barco, por entre as vagas revoltas, e te poje nalguma enseada amiga.

Soprem para ti as brandas auras; e para ti jaspeie a bonança mares de leite.

Enquanto vogas assim à discrição do vento, airoso barco, volva às brancas areias a saudade, que te acompanha, mas não se parte da terra onde revoa.

II

Além, muito além daquela serra, que ainda azula no horizonte, nasceu Iracema.

Iracema, a virgem dos lábios de mel, que tinha os cabelos mais negros que a asa da graúna*, e mais longos que seu talhe de palmeira.

O favo da jati* não era doce como seu sorriso; nem a baunilha recendia no bosque como seu hálito perfumado. Mais rápida que a corça selvagem, a morena virgem corria o sertão e as matas do Ipu*, onde campeava sua guerreira tribo, da grande nação tabajara*. O pé grácil e nu, mal roçando, alisava apenas a verde pelúcia que vestia a terra com as primeiras águas.

Um dia, ao pino do Sol, ela repousava em um claro da floresta. Banhava-lhe o corpo a sombra da oiticica*, mais fresca do que o orvalho da noite. Os ramos da acácia silvestre esparziam flores sobre os úmidos cabelos. Escondidos na folhagem os pássaros ameigavam o canto.

Iracema saiu do banho: o aljôfar d'água ainda a roreja, como à doce mangaba que corou em manhã de chuva.

Enquanto repousa, empluma das penas do gará* as flechas de seu arco, e concerta com o sabiá da mata, pousado no galho próximo, o canto agreste.

A graciosa ará*, sua companheira e amiga, brinca junto dela. Às vezes sobe aos ramos da árvore e de lá chama a virgem pelo nome; outras remexe o uru* de palha matizada, onde traz a selvagem seus perfumes, os alvos fios do crautá*, as agulhas da juçara* com que tece a renda, e as tintas de que matiza o algodão.

Rumor suspeito quebra a doce harmonia da sesta. Ergue a virgem os olhos, que o sol não deslumbra; sua vista perturba-se.

Diante dela e todo a contemplá-la está um guerreiro estranho, se é guerreiro e não algum mau espírito da floresta. Tem nas faces o branco das areias que bordam o mar; nos olhos o azul triste das águas profundas. Ignotas armas e tecidos ignotos cobrem-lhe o corpo.

Foi rápido, como o olhar, o gesto de Iracema. A flecha embebida no arco partiu. Gotas de sangue borbulham na face do desconhecido.

De primeiro ímpeto, a mão lesta caiu sobre a cruz da espada; mas logo sorriu. O moço guerreiro aprendeu na religião de sua mãe, onde a mulher é símbolo de ternura e amor. Sofreu mais d'alma que da ferida.

O sentimento que ele pôs nos olhos e no rosto, não o sei eu. Porém a virgem lançou de si o arco e a uiraçaba*, e correu para o guerreiro, sentida da mágoa que causara.

A mão que rápida ferira, estancou mais rápida e compassiva o sangue que gotejava. Depois Iracema quebrou a flecha homicida: deu a haste ao desconhecido, guardando consigo a ponta farpada.

O guerreiro falou:

– Quebras comigo a flecha da paz?*

– Quem te ensinou, guerreiro branco, a linguagem de meus irmãos? Donde vieste a estas matas, que nunca viram outro guerreiro como tu?

– Venho de bem longe, filha das florestas. Venho das terras que teus irmãos já possuíram, e hoje têm os meus.

– Bem-vindo seja o estrangeiro aos campos dos tabajaras, senhores das aldeias, e à cabana de Araquém, pai de Iracema.

III

O estrangeiro seguiu a virgem através da floresta.

Quando o Sol descambava sobre a crista dos montes, e a rola desatava do fundo da mata os primeiros arrulhos, eles descobriram no vale a grande taba; e mais longe, pendurada no rochedo, à sombra dos altos juazeiros, a cabana do pajé.

O ancião fumava à porta, sentado na esteira de carnaúba, meditando os sagrados ritos de Tupã. O tênue sopro da brisa carmeava, como frocos de algodão, os compridos e raros cabelos brancos. De imóvel que estava, sumia a vida nos olhos cavos e nas rugas profundas.

O pajé percebeu os dois vultos que avançavam; cuidou ver a sombra de uma árvore solitária que vinha alongando-se pelo vale fora.

Quando os viajantes entraram na densa penumbra do bosque, então seu olhar como o do tigre, afeito às trevas, conheceu Iracema e viu que a seguia um jovem guerreiro, de estranha raça e longes terras.

As tribos tabajaras, d'além Ibiapaba*, falavam de uma nova raça de guerreiros, alvos como flores de borrasca, e vindos de remota plaga às margens do Mearim. O ancião pensou que fosse um guerreiro semelhante, aquele que pisava os campos nativos.

Tranquilo, esperou.

A virgem aponta para o estrangeiro e diz:

– Ele veio, pai.

– Veio bem. É Tupã que traz o hóspede à cabana de Araquém.

Assim dizendo, o pajé passou o cachimbo ao estrangeiro; e entraram ambos na cabana. O mancebo sentou-se na rede principal, suspensa no centro da habitação.

Iracema acendeu o fogo da hospitalidade; e trouxe o que havia de provisões para satisfazer a fome e a sede: trouxe o resto da caça, a farinha d'água, os frutos silvestres, os favos de mel e o vinho de caju e ananás.

Depois a virgem entrou com a igaçaba*, que enchera na fonte próxima de água fresca para lavar o rosto e as mãos do estrangeiro.

Quando o guerreiro terminou a refeição, o velho pajé apagou o cachimbo e falou:

– Vieste?*

– Vim, respondeu o desconhecido.

– Bem vieste. O estrangeiro é senhor na cabana de Araquém. Os tabajaras têm mil guerreiros para defendê-lo, e mulheres sem conta para servi-lo. Dize, e todos te obedecerão.

– Pajé, eu te agradeço o agasalho que me deste. Logo que o Sol nascer, deixarei tua cabana e teus campos aonde vim perdido; mas não devo deixá-los sem dizer-te quem é o guerreiro, que fizeste amigo.

– Foi a Tupã que o pajé serviu: ele te trouxe, ele te levará. Araquém nada fez pelo hóspede; não pergunta donde vem, e quando vai. Se queres dormir, desçam sobre ti os sonhos alegres; se queres falar, teu hóspede escuta.

O estrangeiro disse:

– Sou dos guerreiros brancos, que levantaram a taba nas margens do Jaguaribe*, perto do mar, onde habitam os pitiguaras*, inimigos de tua nação. Meu nome é Martim*, que na tua língua diz como filho de guerreiro; meu sangue, o do grande povo que primeiro viu as terras de tua pátria. Já meus destroçados companheiros voltaram por mar às margens do Paraíba, de onde vieram; e o chefe, desamparado dos seus, atravessa agora os vastos sertões do Apodi. Só eu de tantos fiquei, porque estava entre os pitiguaras de Acaraú, na cabana do bravo Poti, irmão de Jacaúna, que plantou comigo a árvore da amizade. Há três sóis partimos para a caça; e perdido dos meus, vim aos campos dos tabajaras.

– Foi algum mau espírito da floresta* que cegou o guerreiro branco no escuro da mata, respondeu o ancião. A cauã piou, além, na extrema do vale. Caía a noite.

IV

O pajé vibrou o maracá, e saiu da cabana, porém o estrangeiro não ficou só.

Iracema voltara com as mulheres chamadas para servir o hóspede de Araquém, e os guerreiros vindos para obedecer-lhe.

– Guerreiro branco, disse a virgem, o prazer embale tua rede durante a noite; e o Sol traga luz a teus olhos, alegria à tua alma.

E assim dizendo, Iracema tinha o lábio trêmulo, e úmida a pálpebra.

– Tu me deixas? perguntou Martim.

– As mais belas mulheres* da grande taba contigo ficam.

– Para elas a filha de Araquém não devia ter conduzido o hóspede à cabana do pajé.

– Estrangeiro, Iracema não pode ser tua serva. É ela que guarda o segredo da jurema* e o mistério do sonho. Sua mão fabrica para o pajé a bebida de Tupã.

O guerreiro cristão atravessou a cabana e sumiu-se na treva.

A grande taba erguia-se no fundo do vale, iluminada pelos fachos da alegria. Rugia o maracá; ao quebro lento do canto selvagem, batia a dança em trono a rude cadência. O pajé inspirado conduzia o sagrado tripúdio e dizia ao povo crente os segredos de Tupã.

O maior chefe da nação tabajara, Irapuã*, descera do alto da serra Ibiapaba, para levar as tribos do sertão contra o inimigo pitiguara. Os guerreiros do vale festejam a vinda do chefe, e o próximo combate.

O mancebo cristão viu longe o clarão da festa, e passou além, e olhou o céu azul sem nuvens. A estrela morta*, que então brilhava sobre a cúpula da floresta, guiou seu passo firme para as frescas margens do Acaraú*.

Quando ele transmontou o vale e ia penetrar na mata, o vulto de Iracema surgiu. A virgem seguira o estrangeiro como a brisa sutil que resvala sem murmurejar por entre a ramagem.

– Por que, disse ela, o estrangeiro abandona a cabana hospedeira sem levar o presente da volta? Quem fez mal ao guerreiro branco na terra dos tabajaras?

O cristão sentiu quanto era justa a queixa; e achou-se ingrato.

– Ninguém fez mal ao teu hóspede, filha de Araquém. Era o desejo de ver seus amigos que o afastava dos campos dos tabajaras. Não levava o presente da volta; mas leva em sua alma a lembrança de Iracema.

– Se a lembrança de Iracema estivesse n'alma do estrangeiro, ela não o deixaria partir. O vento não leva a areia da várzea, quando a areia bebe a água da chuva.

A virgem suspirou:

– Guerreiro branco, espera que Caubi volte da caça. O irmão de Iracema tem o ouvido sutil que pressente a boicininga* entre os rumores da mata; e o olhar do oitibó* que vê melhor na treva. Ele te guiará às margens do rio das garças.

– Quanto tempo se passará antes que o irmão de Iracema esteja de volta na cabana de Araquém?

– O Sol, que vai nascer, tornará com o guerreiro Caubi aos campos do Ipu.

– Teu hóspede espera, filha de Araquém; mas se o Sol tornando não trouxer o irmão de Iracema, ele levará o guerreiro branco à taba dos pitiguaras.

Martim voltou à cabana do pajé.

A alva rede que Iracema perfumara com a resina do benjoim[2] guardava-lhe um sono calmo e doce. O cristão adormeceu ouvindo suspirar, entre os murmúrios da floresta, o canto mavioso da virgem indiana.

---

2. Bálsamo aromático.

V

O galo-da-campina ergue a poupa escarlate fora do ninho. Seu límpido trinado anuncia a aproximação do dia. Ainda a sombra cobre a terra. Já o povo selvagem colhe as redes na grande taba e caminha para o banho. O velho pajé que velou toda a noite, falando às estrelas, conjurando os maus espíritos das trevas*, entra furtivamente na cabana.

Eis retroa o boré* pela amplidão do vale.

Travam das armas os rápidos guerreiros, e correm ao campo. Quando foram todos na vasta ocara* circular, Irapuã, o chefe, soltou o grito de guerra:

– Tupã deu à grande nação tabajara toda esta terra. Nós guardamos as serras, donde manam os córregos, com os frescos ipus onde cresce a maniva e o algodão; e abandonamos ao bárbaro potiguara*, comedor de camarão, as areias nuas do mar, com os secos tabuleiros sem água e sem florestas. Agora os pescadores da praia, sempre vencidos, deixam vir pelo mar a raça branca dos guerreiros de fogo, inimigos de Tupã. Já os emboabas[3] estiveram no Jaguaribe; logo estarão em nossos campos; e com eles os potiguaras. Faremos nós, senhores das aldeias, como a pomba, que se encolhe em seu ninho, quando a serpente enrosca pelos galhos?

---

3. Nome dado aos forasteiros portugueses.

O irado chefe brande o tacape e o arremessa no meio do campo. Derrubando a fronte, cobre o rúbido olhar:

– Irapuã falou; disse.

O mais moço dos guerreiros avança:

– O gavião paira nos ares. Quando a nambu[4] levanta, ele cai das nuvens e rasga as entranhas da vítima. O guerreiro tabajara, filho da serra, é como o gavião.

Troa e retroa a pocema* da guerra.

O jovem guerreiro erguera o tacape; e por sua vez o brandiu. Girando no ar, rápida e ameaçadora, a arma do chefe passou de mão em mão.

O velho Andira*, irmão do pajé, a deixou tombar, e calcou no chão, com o pé ágil ainda e firme.

Pasma o povo tabajara da ação desusada. Voto de paz em tão provado e impetuoso guerreiro! É o velho herói, que cresceu na sanha, crescendo nos anos, é o feroz Andira quem derrubou o tacape, núncio da próxima luta?

Incertos e mudos todos escutam:

– Andira, o velho Andira, bebeu mais sangue na guerra do que já beberam cauim nas festas de Tupã, todos quantos guerreiros alumia agora a luz de seus olhos. Ele viu mais combates em sua vida, do que luas lhe despiram a fronte. Quanto crânio de potiguara escalpelou sua mão implacável, antes que o tempo lhe arrancasse o primeiro cabelo? E o velho Andira nun-

4. Pequena ave.

ca temeu que o inimigo pisasse a terra de seus pais; mas alegrava-se quando ele vinha, e sentia com o faro da guerra a juventude renascer no corpo decrépito, como a árvore seca renasce com o sopro do inverno. A nação tabajara é prudente. Ela deve encostar o tacape da luta para tanger o membi da festa. Celebra, Irapuã, a vinda dos emboabas e deixa que cheguem todos aos nossos campos. Então Andira te promete o banquete da vitória.

Desabriu enfim Irapuã a funda cólera:

– Fica tu, escondido entre as igaçabas de vinho, fica, velho morcego, porque temes a luz do dia, e só bebes o sangue da vítima que dorme. Irapuã leva a guerra no punho de seu tacape. O terror que ele inspira voa com o rouco som do boré. O potiguara já tremeu ouvindo-o rugir na serra, mais forte que o estrondo do mar.

VI

Martim vai a passo e passo por entre os altos juazeiros que cercam a cabana do pajé.

Era o tempo em que o doce aracati* chega do mar, e derrama a deliciosa frescura pelo árido sertão. A planta respira; um doce arrepio eriça a verde coma da floresta.

O cristão contempla o ocaso do Sol. A sombra, que desce dos montes e cobre o vale, penetra sua alma. Lembra-se do lugar onde nasceu, dos entes queridos que ali deixou. Sabe ele se tornará a vê-los algum dia?

Em torno carpe a natureza o dia que expira. Soluça a onda trépida e lacrimosa; geme a brisa na folhagem; o mesmo silêncio anela de aflito.

Iracema parou em face do jovem guerreiro:

– É a presença de Iracema que perturba a serenidade no rosto do estrangeiro? Martim pousou brandos olhos na face da virgem:

– Não, filha de Araquém: tua presença alegra, como a luz da manhã. Foi a lembrança da pátria que trouxe a saudade ao coração pressago.

– Uma noiva te espera?

O forasteiro desviou os olhos. Iracema dobrou a cabeça sobre a espádua, como a tenra palma da carnaúba, quando a chuva peneira na várzea.

– Ela não é mais doce do que Iracema, a virgem dos lábios de mel, nem mais formosa! murmurou o estrangeiro.

– A flor da mata é formosa quando tem rama que a abrigue, e tronco onde se enlace. Iracema não vive n'alma de um guerreiro: nunca sentiu a frescura de seu sorriso.

Emudeceram ambos, com os olhos no chão, escutando a palpitação dos seios que batiam opressos. A virgem falou enfim:

– A alegria voltará logo à alma do guerreiro branco; porque Iracema quer que ele veja antes da noite a noiva que o espera.

Martim sorriu do ingênuo desejo da filha do pajé.

– Vem! disse a virgem.

Atravessaram o bosque e desceram ao vale. Onde morria o sopé da colina o arvoredo era basto: densa abóbada de folhagem verde-negra cobria o ádito agreste, reservado aos mistérios do rito bárbaro.

Era de jurema o bosque sagrado. Em torno corriam os troncos rugosos da árvore de Tupã; dos galhos pendiam ocultos pela rama escura os vasos do sacrifício; lastravam o chão as cinzas de extinto fogo, que servira à festa da última lua.

Antes de penetrar o recôndito sítio, a virgem que conduzia o guerreiro pela mão hesitou, inclinando o ouvido sutil aos suspiros da brisa. Todos os ligeiros rumores da mata tinham uma voz para a selvagem filha do sertão. Nada havia porém de suspeito no intenso respiro da floresta.

Iracema fez ao estrangeiro um gesto de espera e silêncio, e depois desapareceu no mais sombrio do bosque. O Sol ainda pairava suspenso no viso da serrania; e já noite profunda enchia aquela solidão.

Quando a virgem tornou, trazia numa folha gotas de verde e estranho licor vazadas da igaçaba, que ela tirara do seio da terra. Apresentou ao guerreiro a taça agreste.

– Bebe!

Martim sentiu perpassar nos olhos o sono da morte; porém logo a luz inundou-lhe os seios d'alma; a força exuberou em seu coração. Reviveu os dias passados melhor do que os tinha vivido: fruiu a realidade de suas mais belas esperanças.

Ei-lo que volta à terra natal, abraça sua velha mãe, revê mais lindo e terno o anjo puro dos amores infantis.

Mas por que, mal de volta ao berço da pátria, o jovem guerreiro de novo abandona o teto paterno e demanda o sertão?

Já atravessa as florestas; já chega aos campos do Ipu. Busca na selva a filha do pajé. Segue o rastro ligeiro da virgem arisca, soltando à brisa com o crebro suspiro o doce nome:

– Iracema! Iracema!

Já a alcança e cinge-lhe o braço pelo talhe esbelto.

Cedendo à meiga pressão, a virgem reclinou-se ao peito do guerreiro, e ficou ali trêmula e palpitante como a tímida perdiz, quando o terno companheiro lhe arrufa com o bico a macia penugem.

O lábio do guerreiro suspirou mais uma vez o doce nome e soluçou, como se chamara outro lábio amante.

Iracema sentiu que sua alma se escapava para embeber-se no ósculo ardente.

A fronte reclinara, e a flor do sorriso expandia-se como o nenúfar ao beijo do sol.

Súbito a virgem tremeu; soltando-se rápida do braço que a cingia, travou do arco.

VII

Iracema passou entre as árvores, silenciosa como uma sombra: seu olhar cintilante coava entre as folhas, qual frouxos raios de estrelas; ela escutava o silêncio profundo da noite e aspirava as auras sutis que aflavam*.

Parou. Uma sombra resvalava entre as ramas; e nas folhas crepitava um passo ligeiro, se não era o roer de algum inseto. A pouco e pouco o tênue rumor foi crescendo e a sombra avultou.

Era um guerreiro. De um salto a virgem estava em face dele, trêmula de susto e mais de cólera.

– Iracema! exclamou o guerreiro recuando.

– Anhangá* turbou sem dúvida o sono de Irapuã, que o trouxe perdido ao bosque da jurema, onde nenhum guerreiro penetra sem a vontade de Araquém.

– Não foi Anhangá, mas a lembrança de Iracema, que turbou o sono do primeiro guerreiro tabajara. Irapuã desceu de seu ninho de águia para seguir na várzea a garça do rio. Chegou, e Iracema fugiu de seus olhos. As vozes da taba contaram ao ouvido do chefe que um estrangeiro era vindo à cabana de Araquém.

A virgem estremeceu. O guerreiro cravou nela o olhar abrasado:

– O coração aqui no peito de Irapuã ficou tigre. Pulou de raiva. Veio farejando a presa. O estrangeiro está no bosque, e Iracema o acompanhava. Quero beber-lhe o sangue todo: quando o sangue do guerreiro branco correr nas veias do chefe tabajara, talvez o ame a filha de Araquém.

A pupila negra da virgem cintilou na treva, e de seu lábio borbulhou, como gotas do leite cáustico da eufórbia[5], um sorriso de desprezo:

– Nunca Iracema daria seu seio, que o espírito de Tupã habita só, ao guerreiro mais vil dos guerreiros tabajaras! Torpe é o morcego porque foge da luz e bebe o sangue da vítima adormecida!...

– Filha de Araquém, não assanha o jaguar! O nome de Irapuã voa mais longe que o goaná do lago, quando sente a chuva além das serras. Que o guerreiro branco venha, e o seio de Iracema se abra para o vencedor.

– O guerreiro branco é hóspede de Araquém. A paz o trouxe aos campos do Ipu, a paz o guarda. Quem ofender o estrangeiro, ofende o pajé.

Rugiu de sanha o chefe tabajara:

– A raiva de Irapuã só ouve agora o grito da vingança. O estrangeiro vai morrer.

– A filha de Araquém é mais forte que o chefe dos guerreiros, disse Iracema travando da inúbia[6]. Ela tem aqui a voz de Tupã, que chama seu povo.

– Mas ela não chamará! respondeu o chefe escarnecendo.

---

5. Espécie de planta que produz uma seiva venenosa.

6. Trombeta de guerra dos índios tupis.

– Não, porque Irapuã vai ser punido pela mão de Iracema. Seu primeiro passo, é o passo da morte.

A virgem retraiu d'um salto o avanço que tomara, e vibrou o arco. O chefe cerrou ainda o punho do formidável tacape; mas pela vez primeira sentiu que pesava ao braço robusto. O golpe que devia ferir Iracema, ainda não alçado, já lhe trespassava, a ele próprio, o coração.

Conheceu quanto o varão forte é, pela sua mesma fortaleza, mais vencido das grandes paixões.

– A sombra de Iracema não esconderá sempre o estrangeiro à vingança de Irapuã. Vil é o guerreiro, que se deixa proteger por uma mulher.

Dizendo estas palavras, o chefe desapareceu entre as árvores. A virgem sempre alerta, volveu para o cristão adormecido; e velou o resto da noite a seu lado. As emoções recentes, que agitaram sua alma, a abriram ainda mais à doce afeição, que iam filtrando nela os olhos do estrangeiro.

Desejava abrigá-lo contra todo o perigo, recolhê-lo em si como em um asilo impenetrável. Acompanhando o pensamento, seus braços cingiam a cabeça do guerreiro, e a apertavam ao seio.

Mas quando passou a alegria de o ver salvo dos perigos da noite, entrou-a mais viva a inquietação, com a lembrança dos novos perigos que iam surgir.

– O amor de Iracema é como o vento dos areais: mata a flor das árvores, suspirou a virgem.

E afastou-se lentamente.

VIII

A alvorada abriu o dia e os olhos do guerreiro branco. A luz da manhã dissipou os sonhos da noite, e arrancou de sua alma a lembrança do que sonhara. Ficou apenas um vago sentir, como fica na moita o perfume do cacto que o vento da serra desfolha na madrugada.

Não sabia onde estava.

À saída do bosque sagrado encontrou Iracema: a virgem reclinava num tronco áspero do arvoredo; tinha os olhos no chão; o sangue fugira das faces; o coração lhe tremia nos lábios, como gota de orvalho nas folhas do bambu.

Não tinha sorrisos, nem cores, a virgem indiana; não tem borbulhas, nem rosas, a acácia que o sol crestou; não tem azul, nem estrelas, a noite que enlutam os ventos.

– As flores da mata já abriram aos raios do Sol; as aves já cantaram, disse o guerreiro. Por que só Iracema curva a fronte e emudece?

A filha do pajé estremeceu. Assim estremece a verde palma, quando a haste frágil foi abalada; rorejam do espato as lágrimas da chuva, e os leques sussurram brandamente.

– O guerreiro Caubi vai chegar à taba de seus irmãos. O estrangeiro poderá partir com o Sol que vem nascendo.

– Iracema quer ver o estrangeiro fora dos campos dos tabajaras; então a alegria voltará a seu seio.

– A juruti quando a árvore seca abandona o ninho em que nasceu. Nunca mais a alegria voltará ao seio de Iracema: ela vai ficar, como o tronco nu, sem ramas, nem sombras.

Martim amparou o corpo trêmulo da virgem; ela reclinou lânguida sobre o peito do guerreiro, como o tenro pâmpano da baunilha que enlaça o rijo galho do angico.

O mancebo murmurou:

– Teu hóspede fica, virgem dos olhos negros: ele fica para ver abrir em tuas faces a flor da alegria, e para colher, como a abelha, o mel de teus lábios.

Iracema soltou-se dos braços do mancebo, e olhou-o com tristeza:

– Guerreiro branco, Iracema é filha do pajé, e guarda o segredo da jurema. O guerreiro que possuísse a virgem de Tupã morreria.

– E Iracema?

– Pois que tu morrias!...

Esta palavra foi sopro de tormenta. A cabeça do mancebo vergou e pendeu sobre o peito; mas logo se ergueu.

– Os guerreiros de meu sangue trazem a morte consigo, filha dos tabajaras. Não a temem para si, não a poupam para o inimigo. Mas nunca fora do combate eles deixarão aberto o camucim* da virgem na taba de seu hóspede. A verdade falou pela boca de Iracema. O estrangeiro deve abandonar os campos dos tabajaras.

– Deve, respondeu a virgem como um eco.

Depois sua voz suspirou:

– O mel dos lábios de Iracema é como o favo que a abelha fabrica no tronco da guabiroba*: tem na doçura o veneno. A virgem dos olhos azuis e dos cabelos do sol* guarda para seu guerreiro na taba dos brancos o mel da açucena.

Martim afastou-se rápido, e voltou, mas lentamente. A palavra tremia em seu lábio:

– O estrangeiro partirá para que o sossego volte ao seio da virgem.

– Tu levas a luz dos olhos de Iracema, e a flor de sua alma.

Reboa longe na selva um clamor estranho. Os olhos do mancebo alongam-se.

– É o grito de alegria do guerreiro Caubi, disse a virgem. O irmão de Iracema anuncia sua boa chegada aos campos dos tabajaras.

– Filha de Araquém, guia teu hóspede à cabana. É tempo de partir.

Eles caminharam par a par, como dois jovens cervos que ao pôr do sol atravessam a capoeira recolhendo ao aprisco de onde lhes traz a brisa um faro suspeito.

Quando chegavam perto dos juazeiros, viram que atravessava além o guerreiro Caubi, vergando os ombros robustos ao peso da caça. Iracema caminhou para ele.

O estrangeiro entrou só na cabana.

IX

O sono da manhã pousava nos olhos do pajé como névoas de bonança pairam ao romper do dia sobre as profundas cavernas da montanha.

Martim parou indeciso, mas o rumor de seu passo penetrou no ouvido do ancião, e abalou o corpo decrépito.

– Araquém dorme! murmurou o guerreiro devolvendo o passo.

O velho ficou imóvel.

– O pajé dorme porque já Tupã voltou o rosto para a terra e a luz correu os maus espíritos da treva. Mas o sono é leve nos olhos de Araquém, como o fumo do sapé no alto da serra. Se o estrangeiro veio para o pajé, fale; seu ouvido escuta.

– O estrangeiro veio para te anunciar que parte.

– O hóspede é o senhor na cabana de Araquém; todos os caminhos estão abertos para ele. Tupã o leve à taba dos seus.

Vieram Caubi e Iracema:

– Caubi voltou, disse o guerreiro tabajara. Traz a Araquém o melhor de sua caça.

– O guerreiro Caubi é um grande caçador de montes e florestas. Os olhos de seu pai gostam de vê-lo. O velho abriu as pálpebras e cerrou-as logo:

– Filha de Araquém, escolhe para teu hóspede o presente da volta e prepara o moquém* da viagem.

Se o estrangeiro precisa de guia, o guerreiro Caubi, senhor do caminho*, o acompanhará.

O sono voltou aos olhos do pajé.

Enquanto Caubi pendurava no fumeiro as peças de caça, Iracema colheu a sua alva rede de algodão com franjas de penas, e acomodou-a dentro do uru de palha trançada.

Martim esperava na porta da cabana. A virgem veio a ele:

– Guerreiro, que levas o sono de meus olhos, leva a minha rede também. Quando nela dormires, falem em tua alma os sonhos de Iracema.

– Tua rede, virgem dos tabajaras, será minha companheira no deserto: venha embora o vento frio da noite, ela guardará para o estrangeiro o calor e o perfume do seio de Iracema.

Caubi saiu para ir à sua cabana, que ainda não tinha visto depois da volta. Iracema foi preparar o moquém da viagem. Ficaram sós na cabana o pajé, que ressonava, e o mancebo com sua tristeza.

O Sol, transmontando, já começava a declinar para o ocidente, quando o irmão de Iracema tornou da grande taba.

– O dia vai ficar triste*, disse Caubi. A sombra caminha para a noite. É tempo de partir. A virgem pousou a mão de leve no punho da rede de Araquém.

– Ele vai! murmuraram os lábios trêmulos.

O pajé levantou-se em pé no meio da cabana e acendeu o cachimbo. Ele e o mancebo trocaram a fumaça da despedida.

– Bem-ido seja o hóspede, como foi bem-vindo à cabana de Araquém.

O velho andou até a porta, para soltar ao vento uma espessa baforada de tabaco; quando o fumo se dissipou no ar, ele murmurou:

– Jurupari* se esconda para deixar passar o hóspede do pajé.

Araquém voltou à rede e dormiu de novo. O mancebo tomou as suas armas mais pesadas que, chegando, suspendera às varas da cabana, e se dispôs a partir.

Adiante seguiu Caubi; a alguma distância o estrangeiro; logo após, Iracema.

Desceram a colina e entraram na mata sombria. O sabiá-do-sertão, mavioso cantor da tarde, escondido nas moitas espessas da ubaia*, soltava já os prelúdios da suave endecha[7].

A virgem suspirou:

– A tarde é a tristeza do Sol. Os dias de Iracema vão ser longas tardes sem manhã, até que venha para ela a grande noite.

O mancebo se voltara. Seu lábio emudeceu, mas os olhos falaram. Uma lágrima correu pela face guerreira, como as umidades que durante os ardores do estio transudam da escarpa dos rochedos.

Caubi, avançando sempre, sumira-se entre a densa ramagem.

---

7. Gênero clássico de poesia fúnebre, muito comum na Grécia antiga.

O seio da filha de Araquém arfou, como o esto da vaga que se franja de espuma, e soluçou. Mas sua alma, negra de tristura, teve ainda um pálido reflexo para iluminar a seca flor das faces. Assim em noite escura vem um fogo-fátuo luzir as brancas areias do tabuleiro.

– Estrangeiro, toma o último sorriso de Iracema... e foge!

A boca do guerreiro pousou na boca mimosa da virgem. Ficaram ambas assim unidas como dois frutos gêmeos do araçá, que saíram do seio da mesma flor.

A voz de Caubi chamou o estrangeiro. Iracema abraçou, para não cair, o tronco de uma palmeira.

X

Na cabana silenciosa, medita o velho pajé.

Iracema está apoiada no tronco rudo, que serve de esteio. Os grandes olhos negros, fitos nos recortes da floresta e rasos de pranto, estão naqueles olhares longos e trêmulos enfiando e desfiando os aljôfares das lágrimas, que rorejam as faces.

A ará, pousada no jirau fronteiro, alonga para sua formosa senhora os verdes tristes olhos. Desde que o guerreiro branco pisou a terra dos tabajaras, Iracema a esqueceu.

Os róseos lábios da virgem não se abriram mais para que ela colhesse entre eles a polpa da fruta ou a papa do milho verde; nem a doce mão a afagara uma só vez, alisando a penugem dourada da cabeça.

Se repetia o afetuoso nome da senhora, o sorriso de Iracema já não se voltava para ela, nem o ouvido parecia escutar a voz da companheira e amiga, que dantes tão suave era ao seu coração.

Triste dela! A gente tupi a chamava jandaia*, porque sempre alegre estrugia os campos com seu canto fremente.

Mas agora, triste e muda, desdenhada de sua senhora, não parecia mais a linda jandaia, e sim o feio urutau que somente sabe gemer.

O Sol remontou a umbria das serras; seus raios douravam apenas o viso das eminências.

A surdina melancólica da tarde, que precede o silêncio da noite, começava de velar os crebros rumores do campo. Uma ave noturna, talvez iludida com a sombra mais espessa do bosque, desatou o estrídulo[8].

O velho ergueu a fronte calva:

– Foi o canto da inhuma* que acordou o ouvido de Araquém? disse ele admirado.

A virgem estremecera, e já fora da cabana, voltou-se para responder à pergunta do pajé:

– É o grito de guerra do guerreiro Caubi!

Quando o segundo pio da inhuma ressoou, Iracema corria na mata, como a corça perseguida pelo caçador. Só respirou chegando à campina, que recortava o bosque, como um grande lago.

Quem seus olhos primeiro viram, Martim, estava tranquilamente sentado em uma sapopema, olhando o que passava ali. Contra, cem guerreiros tabajaras, com Irapuã à frente, formavam arco. O bravo Caubi os afrontava a todos, com o olhar cheio de ira e as armas valentes empunhadas na mão robusta.

O chefe exigira a entrega do estrangeiro, e o guia respondera simplesmente:

– Matai Caubi antes.

A filha do pajé passara como uma flecha: ei-la diante de Martim, opondo também seu corpo gentil

---

8. Som estridente, agudo.

aos golpes dos guerreiros. Irapuã soltou o bramido da onça atacada na caverna.

– Filha do pajé, disse Caubi em voz baixa. Conduz o estrangeiro à cabana: só Araquém pode salvá-lo. Iracema voltou-se para o guerreiro branco:

– Vem!

Ele ficou imóvel.

– Se tu não vens, disse a virgem, Iracema morrerá contigo.

Martim ergueu-se; mas longe de seguir a virgem, caminhou direito a Irapuã. A sua espada flamejou no ar.

– Os guerreiros de meu sangue, chefe, jamais recusaram combate. Se aquele que tu vês não foi o primeiro a provocá-lo, é porque seus pais lhe ensinaram a não derramar sangue na terra hospedeira.

O chefe tabajara rugiu de alegria; sua mão possante brandiu o tacape. Mas os dois campeões mal tiveram tempo de medir-se com os olhos; quando fendiam o primeiro golpe, já Caubi e Iracema estavam entre eles.

A filha de Araquém debalde rogava ao cristão, debalde o cingia em seus braços buscando arrancá-lo ao combate. De seu lado Caubi em vão provocava Irapuã para atrair a si a raiva do chefe.

A um gesto de Irapuã, os guerreiros afastaram os dois irmãos; o combate prosseguiu.

De repente o rouco som da inúbia* reboou pela mata; os filhos da serra estremeceram reconhecendo o estrídulo do búzio guerreiro dos pitiguaras, senhores das praias ensombradas de coqueiros. O eco vinha da grande taba, que o inimigo talvez assaltava já.

Os guerreiros precipitaram, levando por diante o chefe. Com o estrangeiro só ficou a filha de Araquém.

XI

Os guerreiros tabajaras, acorridos à taba, esperavam o inimigo diante da caiçara. Não vindo, eles saíram a buscá-lo.

Bateram as matas em torno e percorreram os campos; nem vestígios encontraram da passagem dos pitiguaras; mas o conhecido frêmito do búzio das praias tinha ressoado ao ouvido dos guerreiros da montanha; não havia duvidar.

Suspeitou Irapuã que fosse um ardil da filha de Araquém para salvar o estrangeiro, e caminhou direito à cabana do pajé. Como trota o guará* pela orla da mata, quando vai seguindo o rastro da presa escápula, assim estugava o passo o sanhudo guerreiro.

Araquém viu entrar em sua cabana o grande chefe da nação tabajara, e não se moveu. Sentado na rede, com as pernas cruzadas, escutava Iracema. A virgem referia os sucessos da tarde; avistando a figura sinistra de Irapuã, saltou sobre o arco e uniu-se ao flanco do jovem guerreiro branco.

Martim a afastou docemente de si, e promoveu o passo.

A proteção, de que o cercava a ele guerreiro a virgem tabajara, o desgostava.

– Araquém, a vingança dos tabajaras espera o guerreiro branco; Irapuã veio buscá-lo.

– O hóspede é amigo de Tupã; quem ofender o estrangeiro ouvirá rugir o trovão.

– O estrangeiro foi quem ofendeu a Tupã, roubando a sua virgem, que guarda os sonhos da jurema.

– Tua boca mente como o ronco da jiboia!* exclamou Iracema. Martim disse:

– Irapuã é vil e indigno de ser chefe de guerreiros valentes! O pajé falou grave e lento:

– Se a virgem abandonou ao guerreiro branco a flor de seu corpo, ela morrerá; mas o hóspede de Tupã é sagrado; ninguém lhe tocará, todos o servirão.

Irapuã bramiu; o grito rouco troou nas arcas do peito, como o frêmito da sucuri* na profundeza do rio.

– A raiva de Irapuã não pode mais ouvir-te, velho pajé! Caia ela sobre ti, se ousas subtrair o estrangeiro à vingança dos tabajaras.

O velho Andira, irmão do pajé, entrou na cabana; trazia no punho o terrível tacape; e nos olhos uma raiva ainda mais terrível.

– O morcego vem te chupar o sangue, se é que tens sangue e não mel nas veias*, tu que ameaças em sua cabana o velho pajé.

Araquém afastou o irmão:

– Paz e silêncio, Andira.

O pajé desenvolvera a alta e magra estatura, como a caninana[9] assanhada, que se enrista sobre a cauda, para afrontar a vítima em face. As rugas afundaram,

---

9. Espécie de cobra.

e, repuxando as peles engelhadas, esbugalharam os dentes alvos e afilados:

– Ousa um passo mais, e as iras de Tupã te esmagarão sob o peso desta mão seca e mirrada!

– Neste momento, Tupã não é contigo! replicou o chefe.

O pajé riu; e o seu riso sinistro reboou pelo espaço como o ronco da ariranha.

– Ouve seu trovão*, e treme em teu seio, guerreiro, como a terra em sua profundeza.

Araquém proferindo essa palavra terrível avançou até o meio da cabana; ali ergueu a grande pedra e calcou o pé com força no chão: súbito, abriu-se a terra. Do antro profundo saiu um medonho gemido, que parecia arrancado das entranhas do rochedo.

Irapuã não tremeu, nem enfiou de susto; mas sentiu turvar-se a luz nos olhos, e a voz nos lábios.

– O senhor do trovão é por ti; o senhor da guerra, será por Irapuã.

O torvo guerreiro deixou a cabana; com pouco seu grande vulto mergulhou nas sombras do crepúsculo.

O pajé e seu irmão travaram a prática na porta da cabana.

Martim, ainda surpreso do que vira, não tirava os olhos da funda cava, que a planta do velho pajé abrira no chão da cabana. Um surdo rumor, como o eco das ondas quebrando nas praias, ruidava ali.

O guerreiro cristão cismava; ele não podia crer que o deus dos tabajaras desse ao seu sacerdote tamanho poder. Araquém, percebendo o que passava n'alma do estrangeiro, acendeu o cachimbo e travou do maracá:

– É tempo de aplacar as iras de Tupã, e calar a voz do trovão. Disse e partiu da cabana.

Iracema achegou-se então do mancebo; levava os lábios em riso, os olhos em júbilo:

– O coração de Iracema está como o abati n'água* do rio. Ninguém fará mal ao guerreiro branco na cabana de Araquém.

– Arreda-te do inimigo, virgem dos tabajaras, respondeu o estrangeiro com aspereza de voz. Voltando brusco para o lado oposto, furtou o semblante aos olhos ternos e queixosos da virgem.

– Que fez Iracema, para que o guerreiro branco desvie seus olhos dela, como se fora o verme da terra?

As falas da virgem ressoaram docemente no coração de Martim. Assim ressoam os murmúrios da aragem nas frondes da palmeira. O mancebo sentiu raiva de si, e pena dela:

– Não ouves tu, virgem formosa? exclamou ele apontando para o antro fremente.

– É a voz de Tupã!

– Teu deus falou pela boca do pajé: "Se a virgem de Tupã abandonar ao estrangeiro a flor de seu corpo, ela morrerá!..."

Iracema pendeu a fronte abatida:

– Não é voz de Tupã que ouve teu coração, guerreiro de longes terras, é o canto da virgem branca, que te chama!

O rumor estranho que saía das profundezas da terra apagou-se de repente: fez-se na cabana tão grande silêncio que ouvia-se pulsar o sangue na artéria do guerreiro, e tremer o suspiro no lábio da virgem.

XII

O dia enegreceu; era noite já.

O pajé tornara à cabana; sopesando[10] de novo a grossa laje, fechou com ela a boca do antro. Caubi chegara também da grande taba, onde com seus irmãos guerreiros se recolhera depois que bateram a floresta, em busca do inimigo pitiguara.

No meio da cabana, entre as redes armadas em quadro, estendeu Iracema a esteira da carnaúba, e sobre ela serviu os restos da caça, e a provisão de vinhos da última lua. Só o guerreiro tabajara achou sabor na ceia, porque o fel do coração que a tristeza espreme não amargava seu lábio.

O pajé enchia o cachimbo da erva de Tupã que lhe enchia as arcas do peito; o estrangeiro respirava o ar puro da noite para refrescar-lhe o sangue efervescente; a virgem destilava sua alma como o mel de um favo nos repetidos soluços que lhe estalavam entre os lábios trêmulos.

Já partiu Caubi para a grande taba; o pajé traga as baforadas do fumo, que prepara o mistério do sagrado rito.

Levanta-se no ressono da noite um grito vibrante, que remonta ao céu.

---

10. Levantando o peso (com sentido de grande esforço físico).

Martim ergue a fronte e inclina o ouvido. Outro clamor semelhante ressoa. O guerreiro murmura, que o ouça a virgem e só ela:

– Escutou, Iracema, cantar a gaivota?

– Iracema escutou o grito de uma ave que ela não conhece.

– É a atiati, a garça do mar, e tu és a virgem da serra, que nunca desceu às alvas praias onde arrebentam as vagas.

– As praias são dos pitiguaras, senhores das palmeiras.

Os guerreiros da grande nação que habitava as bordas do mar se chamavam a si mesmos pitiguaras, senhores dos vales; mas os tabajaras, seus inimigos, por escárnio os apelidavam potiguaras, comedores de camarão.

Iracema não quis ofender o guerreiro branco; por isso, falando dos pitiguaras, não lhes recusou o nome guerreiro que eles haviam tomado para si.

O estrangeiro reteve por um instante a palavra no seu lábio prudente, enquanto refletia:

– O canto da gaivota é o grito de guerra do valente Poti, amigo de teu hóspede!

A virgem estremeceu por seus irmãos. A fama do bravo Poti, irmão de Jacaúna, subiu das ribeiras do mar às alturas da serra; rara é a cabana onde já não rugiu contra ele o grito de vingança, porque em quase todas o golpe de seu válido tacape deitou um guerreiro tabajara em seu camucim.

Iracema cuidou que Poti vinha à frente de seus guerreiros para livrar o amigo. Era ele sem dúvida que fizera retroar o búzio das praias, no momento do combate. Foi com um tom misturado de doçura e tristeza que replicou:

– O estrangeiro está salvo; os irmãos de Iracema vão morrer, porque ela não falará.

– Despede essa tristeza de tua alma. O estrangeiro partindo-se de teus campos, virgem tabajara, não deixará neles rastro de sangue, como o tigre esfaimado.

Iracema tomou a mão do guerreiro branco e beijou-a.

– Teu sorriso, filha do Pajé, apagou a lembrança do mal que eles me querem. Martim ergueu-se e marchou para a porta.

– Aonde vai o guerreiro branco?

– Adiante de Poti.

– O hóspede de Araquém não pode sair desta cabana, porque os guerreiros de Irapuã o matarão.

– Um guerreiro só deve proteção a Deus e a suas armas. Não carece que o defendam os velhos e as mulheres.

– Que vale um guerreiro só contra mil guerreiros? Valente e forte é o tamanduá, que mordem os gatos selvagens por serem muitos e o acabam. Tuas armas só chegam até onde mede a sombra de teu corpo; as armas deles voam alto e direito como o anajé.

– Todo o guerreiro tem seu dia.

– Não queres tu que morra Iracema, e queres que ela te deixe morrer! Martim ficou perplexo:

– Iracema irá ao encontro do chefe pitiguara e trará a seu hóspede as falas do guerreiro amigo.

Saiu enfim o Pajé da sua contemplação. O maracá rugiu-lhe na destra, tiniram os guizos com o passo hirto e lento.

Chamou ele a filha de parte:

– Se os guerreiros de Irapuã vierem contra a cabana, levanta a pedra e esconde o estrangeiro no seio da terra.

– O hóspede não deve ficar só; espera que volte Iracema. Ainda não cantou a inhuma.

Tornou a sentar-se na rede o velho. A virgem partiu, cerrando a porta da cabana.

XIII

Avança a filha de Araquém nas trevas; para e escuta.

O grito da gaivota terceira vez ressoa ao seu ouvido; ela vai direito ao lugar d'onde partiu; chega à borda de um tanque; seu olhar investiga a escuridão, e nada vê do que busca.

A voz maviosa, débil como sussurro de colibri, ressoa no silêncio:

– Guerreiro Poti, teu irmão branco te chama pela boca de Iracema.

Só o eco respondeu-lhe.

– A filha de teus inimigos vem a ti porque o estrangeiro te ama, e ela ama o estrangeiro. A lisa face do lago fendeu-se; e um vulto se mostra, que nada para a margem, e surge fora.

– Foi Martim quem te mandou, pois tu sabes o nome de Poti, seu irmão na guerra.

– Fala, chefe pitiguara; o guerreiro branco espera.

– Torna a ele e diz que Poti é chegado para o salvar.

– Ele sabe; e mandou-me a ti para ouvir.

– As falas de Poti sairão de sua boca para o ouvido de seu irmão branco.

– Espera então que Araquém parta e a cabana fique deserta; eu te guiarei à presença do estrangeiro.

– Nunca, filha dos tabajaras, um guerreiro pitiguara passou a soleira da cabana inimiga, se não foi como vencedor. Conduz aqui o guerreiro do mar.

– A vingança de Irapuã fareja em roda da cabana de Araquém. Trouxe o irmão do estrangeiro bastantes guerreiros pitiguaras para o defender e salvar?

Poti refletiu:

– Conta, virgem das serras, o que sucedeu em teus campos depois que a eles chegou o guerreiro do mar.

Iracema referiu como a cólera de Irapuã se havia assanhado contra o estrangeiro, até que a voz de Tupã, chamado pelo pajé, tinha apaziguado seu furor:

– A raiva de Irapuã é como a andira: foge da luz e voa nas trevas.

A mão de Poti cerrou súbito os lábios da virgem; sua fala parecia um sopro:

– Suspende a voz e o respiro, virgem das florestas, o ouvido inimigo escuta na sombra.

As folhas crepitavam de manso, como se por elas passasse a fragueira nambu. Um rumor, partido da orla da mata, vinha discorrendo pelo vale.

O valente Poti, resvalando pela relva, como o ligeiro camarão, de que ele tomara o nome e a viveza, desapareceu no lago profundo. A água não soltou um murmúrio, e cerrou sobre ele sua límpida onda.

Iracema voltou à cabana; em meio do caminho perceberam seus olhos as sombras de muitos guerreiros que rojavam pelo chão como a intanha.

Vendo-a entrar, Araquém partiu.

A virgem tabajara contou a Martim o que ouvira de Poti; o guerreiro cristão ergueu-se de um ímpeto para correr em defesa de seu irmão pitiguara. Cingiu-lhe o colo Iracema com os lindos braços:

– O chefe não carece de ti; ele é filho das águas; as águas o protegem. Mais tarde o estrangeiro ouvirá em seus ouvidos as falas amigas.

– Iracema, é tempo que teu hóspede deixe a cabana do pajé e os campos dos tabajaras. Ele não tem medo dos guerreiros de Irapuã, tem medo dos olhos da virgem de Tupã.

– Eles fugirão de ti.

– Fuja deles o estrangeiro, como o oitibó da estrela da manhã.

Martim promoveu o passo.

– Vai, guerreiro ingrato; vai matar teu irmão primeiro, depois a ti. Iracema te seguirá até aos campos alegres aonde vão as sombras dos que morrem.

– Matar meu irmão, dizes tu, virgem cruel.

– Teu rastro guiará o inimigo aonde ele se oculta.

O cristão estacou em meio da cabana; e ali permaneceu mudo e quedo. Iracema, receosa de fitá-lo, tinha os olhos na sombra do guerreiro, que a chama projetava na vetusta parede da cabana.

O cão felpudo, deitado no borralho, deu sinal de que se aproximava gente amiga. A porta entretecida dos talos da carnaúba foi aberta por fora. Caubi entrou.

– O cauim[11] perturbou o espírito dos guerreiros; eles vêm contra o estrangeiro. A virgem ergueu-se de um ímpeto:

---

11. Espécie de bebida alucinógena preparada, pelos indígenas, a partir da mandioca cozida e fermentada.

– Levanta a pedra que fecha a garganta de Tupã, para que ela esconda o estrangeiro. O guerreiro tabajara, sopesando a laje enorme, emborcou-a no chão.

– Filho de Araquém, deita-te na porta da cabana, e mais nunca te levantes da terra, se um guerreiro passar por cima de teu corpo.

Caubi obedeceu; a virgem cerrou a porta.

Decorreu breve trato. Ressoa perto o estrupido dos guerreiros; travam-se as vozes iradas de Irapuã e Caubi.

– Eles vêm; mas Tupã salvará seu hóspede.

Nesse instante, como se o deus do trovão ouvisse as palavras de sua virgem, o antro, mudo em princípio, retroou surdamente.

– Ouve! É a voz de Tupã.

Iracema cerra a mão do guerreiro e o leva à borda do antro. Somem-se ambos nas entranhas da terra.

XIV

Os guerreiros tabajaras, excitados com as copiosas libações do espumante cauim, se inflamam à voz de Irapuã que tantas vezes os guiou ao combate, quantas à vitória.

Aplaca o vinho a sede do corpo, mas acende outra sede maior na alma feroz. Rugem vingança contra o estrangeiro audaz que, afrontando suas armas, ofende o deus de seus pais, e o chefe da guerra, o primeiro varão tabajara.

Lá tripudiam de furor, e arremetem pelas sombras; a luz vermelha do ubiratã*, que brilha ao longe, os guia à cabana de Araquém. De espaço em espaço erguem-se do chão os que primeiro vieram para vigiar o inimigo.

– O pajé está na floresta! murmuram eles.

– E o estrangeiro? pergunta Irapuã.

– Na cabana com Iracema.

O grande chefe lança terrível salto; já é chegado à porta da cabana, e com ele seus valentes guerreiros.

O vulto de Caubi enche o vão da porta; suas armas guardam diante dele o espaço de um bote do maracajá*.

– Vis guerreiros são aqueles que atacam em bando como os caititus*. O jaguar*, senhor da floresta, e o anajê*, senhor das nuvens, combatem só o inimigo.

– Morda o pó a boca torpe que levanta a voz contra o mais valente guerreiro dos guerreiros tabajaras.

Proferidas estas palavras, ergue o braço de Irapuã o rígido tacape, mas estaca no ar: as entranhas da terra outra vez rugem, como rugiram, quando Araquém acordou a voz tremenda de Tupã.

Levantam os guerreiros medonho alarido, e cercando seu chefe, o arrebatam ao funesto lugar e à cólera de Tupã, contra eles concitado.

Caubi estende-se de novo na soleira da porta; seus olhos adormecem; mas seu ouvido vela no sono.

A voz de Tupã emudeceu.

Iracema e o cristão, perdidos nas entranhas da terra, descem a gruta profunda. Súbito, uma voz que vinha reboando pela crasta, encheu seus ouvidos:

– O guerreiro do mar escuta a fala de seu irmão?

– É Poti, o amigo de teu hóspede, disse o cristão para a virgem. Iracema estremeceu:

– Ele fala pela boca de Tupã.

Martim respondeu enfim ao pitiguara.

– As falas de Poti entram n'alma de seu irmão.

– Nenhum outro ouvido escuta?

– Os da virgem que duas vezes em um sol defendeu a vida de teu irmão!

– A mulher é fraca, o tabajara, traidor, e o irmão de Jacaúna, prudente.

Iracema suspirou e pousou a cabeça no peito do mancebo:

– Senhor de Iracema, cerra seus ouvidos, para que ela não ouça. Martim repeliu docemente a gentil fronte:

– Fale o chefe pitiguara; só o escutam ouvidos amigos e fiéis.

– Tu ordenas, Poti fala. Antes que o Sol se levante na serra, o guerreiro do mar deve partir para as margens do ninho das garças; a estrela morta o guiará às alvas praias. Nenhum tabajara o seguirá, porque a inúbia dos pitiguaras rugirá da banda da serra.

– Quantos guerreiros pitiguaras acompanham seu chefe valente?

– Nenhum; Poti veio só com suas armas. Quando os espíritos maus das florestas separaram o guerreiro do mar de seu irmão, Poti veio em seguimento do rastro. Seu coração não deixou que voltasse para chamar os guerreiros de sua taba; mas expediu seu cão fiel ao grande Jacaúna.

– O chefe pitiguara está só; não deve rugir a inúbia que chamará contra si todos os guerreiros tabajaras.

– Assim é preciso para salvar o irmão branco; Poti zombará de Irapuã, como zombou quando combatiam cem contra ti.

A filha do pajé que ouvira calada, debruçou-se ao ouvido do cristão:

– Iracema quer te salvar e a teu irmão; ela tem seu pensamento. O chefe pitiguara é valente e audaz; Irapuã é manhoso e traiçoeiro como a acauã*. Antes que chegues à floresta, cairás; e teu irmão da outra banda cairá contigo.

– Que fará a virgem tabajara para salvar o estrangeiro e seu irmão? perguntou Martim.

– Mais um sol e outro, e a lua das flores vai nascer. É o tempo da festa, em que os guerreiros tabajaras passam a noite no bosque sagrado, e recebem do pajé os sonhos alegres. Quando estiverem todos adormecidos, o guerreiro branco deixará os campos do Ipu, e os olhos de Iracema, mas não sua alma.

Martim estreitou a virgem ao seio; mas logo a repeliu. O toque de seu corpo, doce como a açucena da mata, e quente como o ninho do beija-flor, espinhou seu coração, porque lhe recordou as palavras terríveis do pajé.

A voz do cristão transmitiu a Poti o pensamento de Iracema; o chefe pitiguara, prudente como o tamanduá, pensou e respondeu:

– A sabedoria falou pela boca da virgem tabajara. Poti espera o nascimento da Lua.

XV

Nasceu o dia e expirou.

Já brilha na cabana de Araquém o fogo, companheiro da noite. Correm lentas e silenciosas no azul do céu, as estrelas, filhas da Lua, que esperam a volta de sua mãe ausente.

Martim se embala docemente; e como a alva rede que vai e vem, sua vontade oscila de um a outro pensamento. Lá o espera a virgem loura dos castos afetos; aqui lhe sorri a virgem morena dos ardentes amores.

Iracema recosta-se langue ao punho da rede; seus olhos negros e fúlgidos, ternos olhos de sabiá, buscam o estrangeiro, e lhe entram n'alma. O cristão sorri; a virgem palpita; como o saí*, fascinado pela serpente, vai declinando o lascivo talhe, que se prostra sobre o peito do guerreiro.

Já o estrangeiro a preme ao seio; e o lábio ávido busca o lábio que o espera, para celebrar nesse ádito d'alma, o himeneu[12] do amor.

No recanto escuro o velho pajé, imerso em sua contemplação e alheio às cousas deste mundo, soltou um gemido doloroso. Pressentira o coração o que não viram os olhos? Ou foi algum funesto presságio para a raça de seus filhos, que assim ecoou n'alma de Araquém?

Ninguém o soube.

---

12. Antigo gênero grego de poesia nupcial. Também era o nome do deus mitológico do casamento.

O cristão repeliu do seio a virgem indiana. Ele não deixará o rastro da desgraça na cabana hospedeira. Cerra os olhos para não ver; e enche sua alma com o nome e a veneração do seu Deus:

– Cristo!... Cristo!...

A serenidade volta ao seio do guerreiro branco, mas todas as vezes que seu olhar pousa sobre a virgem tabajara, ele sente correr-lhe pelas veias uma centelha de ardente chama. Assim, quando a criança imprudente revolve o brasido de intenso fogo, saltam as faúlhas inflamadas que lhe queimam o corpo.

Fecha os olhos o cristão, mas na sombra de seu pensamento surge a imagem da virgem, talvez mais bela. Embalde[13] chama ele o sono às pálpebras fatigadas; elas se abrem, malgrado seu.

Desce-lhe do céu ao atribulado pensamento uma inspiração:

– Virgem formosa do sertão, esta é a última noite que teu hóspede dorme na cabana de Araquém, onde nunca viera, para teu bem e seu. Faze que seu sono seja alegre e feliz.

– Manda; Iracema te obedece. Que pode ela para tua alegria?

O cristão falou submisso, para que não o ouvisse o velho pajé:

– A virgem de Tupã guarda os sonhos da jurema que são doces e saborosos!

Um triste sorriso pungiu os lábios de Iracema:

---

13. *Embalde* ou *debalde*: em vão, inutilmente.

– O estrangeiro vai viver para sempre à cintura da virgem* branca; nunca mais seus olhos verão a filha de Araquém; e ele quer que o sono já feche suas pálpebras, e o sonho o leve à terra de seus irmãos!

– O sono é o descanso do guerreiro, disse Martim; e o sonho a alegria d'alma. O estrangeiro não quer levar consigo a tristeza da terra hospedeira, nem deixá-la no coração de Iracema!

A virgem ficou imóvel.

– Vai, e torna com o vinho de Tupã.

Quando Iracema foi de volta, já o pajé não estava na cabana; tirou a virgem do seio o vaso que ali trazia oculto sob a carioba* de algodão entretecida de penas. Martim lho arrebatou das mãos, e libou as poucas gotas do verde e amargo licor. Não tardou que a rede recebesse seu corpo desfalecido.

Agora podia viver com Iracema, e colher em seus lábios o beijo, que ali viçava entre sorrisos, como o fruto na corola da flor. Podia amá-la, e sugar desse amor o mel e o perfume, sem deixar veneno no seio da virgem.

O gozo era vida, pois o sentia mais vivo e intenso; o mal era sonho e ilusão, que da virgem ele não possuía mais que a imagem.

Iracema se afastara opressa e suspirosa.

Abriram-se os braços do guerreiro e seus lábios; o nome da virgem ressoou docemente.

A juruti, que divaga pela floresta, ouve o terno arrulho do companheiro; bate as asas, e voa para conchegar-se ao tépido ninho. Assim a virgem do sertão aninhou-se nos braços do guerreiro.

Quando veio a manhã, ainda achou Iracema ali debruçada, qual borboleta que dormiu no seio do formoso cacto. Em seu lindo semblante acendia o pejo vivos rubores; e como entre os arrebóis[14] da manhã cintila o primeiro raio do Sol, em suas faces incendidas rutilava o primeiro sorriso da esposa, aurora de fruído amor.

Martim, vendo a virgem unida ao seu coração, cuidou que o sonho continuava; cerrou os olhos para torná-los a abrir.

A pocema dos guerreiros, troando pelo vale, o arrancou ao doce engano: sentiu que já não sonhava, mas vivia. Sua mão cruel abafou nos lábios da virgem o beijo que ali se espanejava.

– Os beijos de Iracema são doces no sonho; o guerreiro branco encheu deles sua alma. Na vida, os lábios da virgem de Tupã, amargam e doem como o espinho da jurema.

A filha de Araquém escondeu no coração a sua alegria. Ficou tímida e inquieta, como a ave que pressente a borrasca no horizonte. Afastou-se rápida, e partiu.

As águas do rio depuraram o corpo casto da recente esposa. A jandaia não tornou à cabana.

Tupã já não tinha sua virgem na terra dos tabajaras.

---

14. *Arrebol*: cor avermelhada que tomam as nuvens ao nascer do dia ou ao morrer da tarde. No romance, esta cor está associada ao estado lírico e subjetivo de Iracema.

XVI

O alvo disco da Lua surgiu no horizonte.

A luz brilhante do Sol empalidece a virgem do céu, como o amor do guerreiro desmaia a face da esposa.

– Jaci!* Mãe nossa!... exclamaram os guerreiros tabajaras.

E brandindo os arcos lançaram ao céu com a chuva das flechas o canto da lua nova:

"Veio no céu a mãe dos guerreiros; já volta o rosto para ver seus filhos. Ela traz as águas, que enchem os rios e a polpa do caju.

"Já veio a esposa do Sol; já sorri as virgens da Terra, filhas suas. A doce luz acende o amor no coração dos guerreiros e fecunda o seio da jovem mãe."

Cai a tarde.

Folgam as mulheres e os meninos na vasta ocara; os mancebos, que ainda não ganharam nome de guerra por algum feito brilhante, discorrem no vale.

Os guerreiros seguem Irapuã ao bosque sagrado, onde os espera o pajé e sua filha para o mistério da jurema. Iracema já acendeu os fogos da alegria*. Araquém está imóvel e extático no seio de uma nuvem de fumo.

Cada guerreiro que chega depõe a seus pés uma oferenda a Tupã. Traz um a suculenta caça; outro a farinha d'água; aquele o saboroso piracém da traíra. O velho pajé, para quem são estas dádivas, as recebe com desdém.

Quando foram todos sentados em torno do grande fogo, o ministro de Tupã ordena o silêncio com um gesto, e três vezes clamando o nome terrível, enche-se do deus, que o habita:

– Tupã!... Tupã!... Tupã!...

Três vezes o eco ao longe repercutiu.

Vem Iracema com a igaçaba cheia do verde licor. Araquém decreta os sonhos a cada guerreiro, e distribui o vinho da jurema, que transporta ao céu o valente tabajara.

Este, grande caçador, sonha que os veados e as pacas correm adiante de suas flechas para se traspassarem nelas; fatigado por fim de ferir, cava na terra o bucã*, e assa tamanha quantidade de caça que mil guerreiros em um ano não acabaram.

Outro, fogoso em amores, sonha que as mais belas virgens dos tabajaras deixam a cabana de seus pais e o seguem cativas de seu querer. Nunca a rede de chefe algum embalou mais voluptuosas carícias, que ele as frui naquele êxtase.

O herói sonha tremendas lutas e horríveis combates, de que sai vencedor, cheio de glória e fama. O velho renasce na prole numerosa, e como o seco tronco, donde rebenta nova e robusta sebe, cobre-se ainda de flores.

Todos sentem a felicidade tão viva e contínua, que no espaço da noite cuidam viver muitas luas. As bocas murmuram; o gesto fala; e o pajé, que tudo escuta e vê, colhe o segredo das almas desnudas.

Iracema, depois que ofereceu aos guerreiros o licor de Tupã, saiu do bosque. Não permitia o rito que ela assistisse ao sono dos guerreiros e ouvisse falar os sonhos.

Foi dali direito à cabana onde a esperava Martim:

– Toma tuas armas, guerreiro branco. É tempo de partir.

– Leva-me aonde está Poti, meu irmão.

A virgem caminhou para o vale; o cristão a seguiu. Chegaram à falda do rochedo, que ia morrer à beira do tanque, em um maciço de verdura.

– Chama teu irmão!

Martim soltou o grito da gaivota. A pedra que fechava a entrada da gruta caiu; e o vulto do guerreiro Poti apareceu na sombra.

Os dois irmãos encostaram a fronte na fronte e o peito no peito, para exprimir que não tinham ambos mais que uma cabeça e um coração.

– Poti está contente porque vê seu irmão, que o mau espírito da floresta arrebatou de seus olhos.

– Feliz é o guerreiro que tem ao flanco um amigo como o bravo Poti; todos os guerreiros o invejarão.

Iracema suspirou, pensando que a afeição do pitiguara bastava à felicidade do estrangeiro.

– Os guerreiros tabajaras dormem. A filha de Araquém vai guiar os estrangeiros.

A virgem seguiu adiante; os dois guerreiros após. Quando tinham andado o espaço que transpõe a garça de um voo, o chefe pitiguara tornou-se inquieto e murmurou ao ouvido do cristão:

– Manda à filha do pajé que volte à cabana de seu pai. Ela demora a marcha dos guerreiros.

Martim entristeceu; mas a voz da prudência e da amizade penetrou em seu coração. Avançou para Iracema, e tirou do seio uma voz doce para acalentar a saudade da virgem:

– Mais afunda a raiz da planta na terra, mais custa a arrancá-la. Cada passo de Iracema no caminho da partida, é uma raiz que lança no coração de seu hóspede.

– Iracema quer te acompanhar até onde acabam os campos dos tabajaras, para voltar com o sossego em seu peito.

Martim não respondeu. Continuaram a caminhar, e com eles caminhava a noite; as estrelas desmaiaram; e a frescura da alvorada alegrou a floresta. As roupas da manhã, alvas como o algodão, apareceram no céu.

Poti olhou a mata e parou. Martim compreendeu e disse à Iracema:

– Teu hóspede já não pisa os campos dos tabajaras. É o instante de separar-te dele.

XVII

Iracema pousou a mão no peito do guerreiro branco:

– A filha dos tabajaras já deixou os campos de seus pais; agora pode falar.

– Que guardas tu em teu seio, virgem formosa do sertão? Ela pôs os olhos cheios no cristão:

– Iracema não pode mais separar-se do estrangeiro.

– Assim é preciso, filha de Araquém. Torna à cabana de teu velho pai, que te espera.

– Araquém já não tem filha.

Martim tornou com um gesto rudo e severo:

– Um guerreiro da minha raça jamais deixou a cabana do hóspede viúva de sua alegria. Araquém abraçará sua filha, para não amaldiçoar o estrangeiro ingrato.

A virgem pendeu a fronte; velando-se com as longas tranças negras que se espargiam pelo colo, cruzando ao grêmio os lindos braços, recolheu em seu pudor. Assim o róseo cacto, que já desabrochou em formosa flor, cerra em botão o seio perfumado.

– Tua escrava te acompanhará, guerreiro branco; porque teu sangue dorme em seu seio.

Martim estremeceu.

– Os maus espíritos da noite turbaram o espírito de Iracema.

– O guerreiro branco sonhava, quando Tupã abandonou sua virgem, porque ela traiu o segredo da jurema. O cristão escondeu as faces à luz.

– Deus!... clamou seu lábio trêmulo.

Permaneceram ambos mudos e quedos.

Afinal disse Poti:

– Os guerreiros tabajaras despertam.

O coração da virgem, como o do estrangeiro, ficou surdo à voz da prudência. O Sol levantou-se no horizonte; e seu olhar majestoso desceu dos montes à floresta. Poti de pé como um tronco decepado esperou que seu irmão quisesse partir.

Foi Iracema quem primeiro falou:

– Vem; enquanto não pisares as praias dos pitiguaras, tua vida corre perigo.

Martim seguiu silencioso a virgem, que fugia entre as árvores como a selvagem cutia. A tristeza lhe roía o coração; mas a onda de perfumes que deixava na brisa a passagem da formosa tabajara açulava o amor no seio do guerreiro. Seu passo era tardo, o peito lhe ofegava.

Poti cismava. Em sua cabeça de mancebo morava o espírito de um abaeté*. O chefe pitiguara pensava que o amor é como o cauim, o qual bebido com moderação fortalece o guerreiro, e tomado em excesso abate a coragem do herói. Ele sabia quanto veloz era o pé do tabajara; e esperava o momento de morrer defendendo o amigo.

Quando as sombras da tarde entristeciam o dia, o cristão parou no meio da mata. Poti acendeu o fogo da hospitalidade. A virgem desdobrou a alva rede de algodão franjada de penas de tucano, e suspendeu-a aos ramos da árvore.

– Esposo de Iracema, tua rede te espera.

A filha de Araquém foi sentar-se longe, na raiz de uma árvore, como a cerva solitária, que o ingrato companheiro afugentou do aprisco. O guerreiro pitiguara desapareceu na espessura da folhagem.

Martim ficou mudo e triste, semelhante ao tronco d'árvore a que o vento arrancou o lindo cipó que o entrelaçava. A brisa, perpassando levou um murmúrio:

– Iracema!

Era o balido do companheiro; a cerva arrufando-se ganhou o doce aprisco.

A floresta destilava suave fragrância e exalava harmoniosos arpejos; os suspiros do coração se difundiram nos múrmures do deserto. Foi a festa do amor, e o canto do himeneu.

Já a luz da manhã coou na selva densa. A voz grave e sonora de Poti repercutiu no sussurro da mata:

– O povo tabajara caminha na floresta!

Iracema arrancou-se dos braços que a cingiam e mais do lábio que a tinha cativa: saltando da rede como a rápida zabelê[15], travou das armas do esposo e levou-o através da mata.

---

15. Figura do folclore nordestino.

De espaço a espaço, o prudente Poti escutava as entranhas da terra; sua cabeça movia-se pesada de um a outro lado, como a nuvem que se balança no cocuruto do rochedo, aos vários lufos da próxima tempestade.

– O que escuta o ouvido do guerreiro Poti?

– Escuta o passo veloz do povo tabajara. Ele vem como o tapir, rompendo a floresta.

– O guerreiro pitiguara é a ema que voa sobre a terra; nós o seguiremos, como suas asas, disse Iracema. O chefe sacudiu de novo a fronte:

– Enquanto o guerreiro do mar dormia, o inimigo correu. Os que primeiro partiram já avançam além como as pontas do arco.

A vergonha mordeu o coração de Martim:

– Fuja o chefe Poti e salve Iracema. Só deve morrer o guerreiro mau, que não escutou a voz de seu irmão e o pedido de sua esposa.

Martim arrepiou o passo.

– Não foi a alma do guerreiro do mar que falou. Poti e seu irmão só têm uma vida.

O lábio de Iracema não falou: sorriu.

XVIII

Treme a selva com o estrupido da carreira do povo tabajara.

O grande Irapuã, primeiro, assoma entre as árvores. Seu olhar rúbido viu o guerreiro branco entre nuvens de sangue; o grito rouco do tigre rompe de seu peito cavernoso.

O chefe tabajara e seu povo vão se precipitar sobre os fugitivos, como a vaga encapelada que arrebenta no Mocoribe.

Eis late o cão selvagem.

Poti solta o grito da alegria:

– O cão de Poti guia os guerreiros de sua taba em socorro teu.

O rouco búzio dos pitiguaras estruge pela floresta. O grande Jacaúna*, senhor das praias do mar, chegava do rio das garças com seus melhores guerreiros.

Os pitiguaras recebem o primeiro ímpeto do inimigo nas pontas eriçadas de suas flechas, que eles despedem do arco aos molhos, como o cuandu* os espinhos do seu corpo. Logo após soa a pocema, estreita-se o espaço, e a luta se trava face a face.

Jacaúna atacou Irapuã. Prossegue o horrível combate que bastara a dez bravos, e não esgotou ainda a força dos grandes chefes. Quando os dois tacapes se encontram, a batalha toda estremece como um só guerreiro até as entranhas.

O irmão de Iracema veio direito ao estrangeiro, que arrancara a filha de Araquém à cabana hospedeira; o faro da vingança o guia; a vista da irmã assanha a raiva em seu peito. O guerreiro Caubi assalta com furor o inimigo.

Iracema, unida ao flanco de seu guerreiro e esposo, viu de longe Caubi e falou assim:

– Senhor de Iracema, ouve o rogo de tua escrava; não derrama o sangue do filho de Araquém. Se o guerreiro Caubi tem de morrer, morra ele por esta mão, não pela tua.

Martim pôs no rosto da virgem olhos de horror:

– Iracema matará seu irmão?

– Iracema antes quer que o sangue de Caubi tinja sua mão que a tua; porque os olhos de Iracema veem a ti, e a ela não.

Travam a luta os guerreiros. Caubi combate com furor; o cristão defende-se apenas; mas a seta embebida no arco da esposa guarda a vida do guerreiro contra os botes do inimigo.

Poti já prostrou o velho Andira e quantos guerreiros topou na luta seu válido tacape. Martim lhe abandona o filho de Araquém, e corre sobre Irapuã:

– Jacaúna é um grande chefe, seu colar de guerra* dá três voltas ao peito. O tabajara pertence ao guerreiro branco.

– A vingança é a honra do guerreiro, e Jacaúna ama o amigo de Poti.

O grande chefe pitiguara levou além o formidável tacape. O combate renhiu-se entre Irapuã e Martim. A espada do cristão, batendo na clava do selvagem, fez-se em pedaços. O chefe tabajara avançou contra o peito inerme do adversário.

Iracema silvou como a boicininga, e se arremessou ante a fúria do guerreiro tabajara. A arma rígida tremeu na destra possante e o braço caiu desfalecido.

Soava a pocema da vitória. Os guerreiros pitiguaras conduzidos por Jacaúna e Poti varriam a floresta. Os tabajaras, fugindo, arrebataram seu chefe ao ódio da filha de Araquém que o podia abater, como a jandaia abate o prócero coqueiro roendo-lhe o cerne.

Os olhos de Iracema, estendidos pela floresta, viram o chão juncado de cadáveres de seus irmãos; e longe o bando dos guerreiros tabajaras que fugia em nuvem negra de pó. Aquele sangue, que enrubescia a terra, era o mesmo sangue brioso que lhe ardia nas faces de vergonha.

O pranto orvalhou seu lindo semblante.

Martim afastou-se para não envergonhar a tristeza de Iracema.

XIX

Poti voltou de perseguir o inimigo. Seus olhos se encheram de alegria, vendo salvo o guerreiro branco.

O cão fiel o seguia de perto, lambendo ainda nos pelos do focinho a marugem do sangue tabajara, de que se fartara; o senhor o acariciava satisfeito de sua coragem e dedicação. Fora ele quem salvara Martim, ali trazendo com tanta diligência os guerreiros de Jacaúna.

– Os maus espíritos da floresta podem separar outra vez o guerreiro branco de seu irmão pitiguara. O cão te seguirá daqui em diante, para que mesmo de longe Poti acuda a teu chamado.

– Mas o cão é teu companheiro e amigo fiel.

– Mais amigo e companheiro será de Poti, servindo a seu irmão que a ele. Tu o chamarás Japi*; e ele será o pé ligeiro com que de longe corramos um para o outro.

Jacaúna deu o sinal da partida.

Os guerreiros pitiguaras caminharam para as margens alegres do rio onde bebem as garças: ali se erguia a grande taba dos senhores das várzeas.

O Sol deitou-se e de novo se levantou no céu. Os guerreiros chegaram aonde a serra quebrava para o sertão; já tinham passado aquela parte da montanha que, por ser despida de arvoredo e tosquiada como a capivara, a gente de Tupã chamava Ibiapina*.

Poti levou o cristão aonde crescia um frondoso jatobá*, que afrontava as árvores do mais alto píncaro da serrania, e quando batido pela rajada, parecia varrer o céu com a imensa copa.

– Neste lugar nasceu teu irmão, disse o pitiguara. Martim estreitou o peito ao tronco enorme:

– Jatobá, que viste nascer meu irmão Poti, o estrangeiro te abraça.

– O raio te decepe, árvore do guerreiro Poti, quando seu irmão o abandonar.

Depois o chefe assim falou:

– Ainda Jacaúna não era um guerreiro, Jatobá, o maior chefe, conduzia os pitiguaras à vitória. Logo que as grandes águas correram, ele caminhou para a serra. Aqui chegando, mandou levantar a taba, para estar perto do inimigo e vencê-lo mais vezes. A mesma Lua que o viu chegar, alumiou a rede onde Saí, sua esposa, lhe deu mais um guerreiro de seu sangue. O luar passava por entre as folhas do jatobá; e o sorriso pelos lábios do varão possante, que tomara seu nome e robustez.

Iracema aproximou-se.

A rola, que marisca na areia, se afasta do companheiro, sobrevoa inquieta de ramo em ramo e arrulha para que lhe responda o ausente amigo. Assim a filha das florestas errara pela encosta, modulando o singelo canto mavioso.

Martim a recebeu com a alma no semblante; e, levando a esposa do lado do coração e o amigo do lado da força, voltou ao rancho dos pitiguaras.

XX

A Lua cresceu.

Três sóis havia que Martim e Iracema estavam nas terras dos pitiguaras, senhores das margens do Camucim e Acaraú. Os estrangeiros tinham sua rede na vasta cabana do grande Jacaúna. O valente chefe guardou para si a alegria de hospedar o guerreiro branco.

Poti abandonou sua taba para acompanhar seu irmão de guerra na cabana de seu irmão de sangue, e gozar dos instantes que sobejavam do amor de Iracema para a amizade, no coração do guerreiro do mar.

A sombra já se retirou da face da terra e Martim viu que ela não se retirara ainda da face da esposa, desde o dia do combate.

– A tristeza mora n'alma de Iracema!

– A alegria para a esposa só vem de ti; quando teus olhos a deixam, as lágrimas enchem os seus.

– Por que chora a filha dos tabajaras?

– Esta é a taba dos pitiguaras, inimigos de meu povo. A vista de Iracema já conheceu o crânio de seus irmãos espetado na caiçara; o ouvido já escutou o canto de morte dos cativos tabajaras; a mão já tocou as armas tintas do sangue de seus pais.

A esposa pousou as duas mãos nos ombros do guerreiro, e reclinou ao peito dele:

– Iracema tudo sofre por seu guerreiro e senhor. A ata é doce e saborosa; quando a machucam, azeda. Tua esposa não quer que seu amor azede teu coração; mas que te encha das doçuras do mel.

– Volte o sossego ao seio da filha dos tabajaras; ela vai deixar a taba dos inimigos de seu povo.

O cristão caminhou para a cabana de Jacaúna. O grande chefe alegrou-se vendo chegar seu hóspede; mas a alegria fugiu logo de sua fronte guerreira. Martim dissera:

– O guerreiro branco parte de tua cabana, grande chefe.

– Alguma cousa te faltou na taba de Jacaúna?

– Nada faltou a teu hóspede. Ele era feliz aqui; mas a voz do coração o chama a outros sítios.

– Então parte, e leva o que é preciso para a viagem. Tupã te fortaleça, e traga outra vez à cabana de Jacaúna, para que ele festeje tua boa-vinda.

Poti chegou; sabendo que o guerreiro do mar ia partir, falou:

– Teu irmão te acompanha.

– Os guerreiros de Poti precisam de seu chefe.

– Se tu não queres que eles vão com Poti, Jacaúna os conduzirá à vitória.

– A cabana de Poti ficará deserta e triste.

– Deserto e triste será o coração de teu irmão longe de ti.

O guerreiro do mar deixou as margens do rio das garças, e caminhou para as terras onde o Sol se deita. A esposa e o amigo seguem sua marcha.

Passam além da fértil montanha, onde a abundância dos frutos criava grande quantidade de mosca, de que lhe veio o nome de Meruoca*.

Atravessam os córregos que levam suas águas ao rio das garças, e avistam longe no horizonte uma alta serrania.

Expira o dia; nuvem negra voa das bandas do mar: são os urubus que pastam nas praias a carniça que o oceano arroja, e com a noite tornam ao ninho.

Os viajantes dormem em Uruburetama*. Quando o Sol voltou, chegaram às margens do rio, que nasce da quebrada da serra e desce a planície enroscando-se como uma cobra. Suas voltas contínuas enganam a cada passo o peregrino, que vai seguindo o tortuoso curso; por isso foi chamado Mundaú*.

Perlongando as frescas margens, viu Martim no seguinte sol os verdes mares e as alvas praias onde as ondas murmurosas às vezes soluçam e outras raivam de fúria, rebentando em frocos de espuma.

Os olhos do guerreiro branco se dilataram pela vasta imensidade; seu peito suspirou. Esse mar beijava também as brancas areias do Potengi*, seu berço natal, onde ele vira a luz americana. Arrojou-se nas ondas e pensou banhar seu corpo nas águas da pátria, como banhara sua alma nas saudades dela.

Iracema sentiu chorar-lhe o coração; mas não tardou que o sorriso de seu guerreiro o acalentasse.

Entretanto Poti, do alto da rocha, fisgava o saboroso camorupim[16] que brincava na pequena baía do Mundaú, e preparava o moquém para a refeição.

16. Espécie de peixe de água doce, muito comum nos rios nordestinos.

XXI

Já descia o Sol das alturas do céu.

Chegam os viajantes à foz do rio onde se criam em grande abundância as saborosas traíras*; suas praias são povoadas pela tribo dos pescadores, da grande nação dos pitiguaras.

Eles receberam os estrangeiros com a hospitalidade generosa, que era uma lei de sua religião; e Poti com o respeito que merecia tão grande guerreiro, irmão de Jacaúna, maior chefe da forte gente pitiguara.

Para repousar os viajantes, e acompanhá-los na despedida, o chefe da tribo recebeu Martim, Iracema e Poti na jangada, e abrindo a vela a brisa, levou-os até muito longe da costa.

Todos os pescadores em suas jangadas seguiam o chefe e atroavam os ares com o canto de saudade, e os múrmuros do uraçá, que imita os soluços do vento.

Além da tribo dos pescadores estava mais entrada para as serras a tribo dos caçadores. Eles ocupavam as margens do Soipé*, cobertas de matas, onde os veados, as gordas pacas e os macios jacus abundavam. Assim os habitadores dessas margens lhes deram o nome de país da caça.

O chefe dos caçadores, Jaguaraçu, tinha sua cabana à beira do lago que forma o rio perto do mar. Aí acharam os viajantes o mesmo agasalho que haviam recebido dos pescadores.

Depois que partiram do Soipé, os viajantes atravessaram o rio Pacoti, em cujas margens cresciam as frondosas bananeiras balançando os verdes penachos; mais longe o Iguape*, onde a água faz cintura em torno dos cômoros de areia.

Além assomou no horizonte um alto morro de areia que tinha a alvura da espuma do mar. O cabo sobranceiro aos coqueiros parece a cabeça calva do condor, esperando ali a borrasca, que vem dos confins do oceano.

– Poti conhece o grande morro das areias? perguntou o cristão.

– Poti conhece toda a terra que tem os pitiguaras, desde as margens do grande rio, que forma um braço do mar*, até à margem do rio onde habita o jaguar. Ele já esteve no alto do Mocoripe*; e de lá viu correr no mar as grandes igaras[17] dos guerreiros brancos, teus inimigos, que estão no Mearim.

– Por que chamas tu Mocoripe ao grande morro das areias?

– O pescador da praia, que vai na jangada, lá onde voa a ati, fica triste, longe da terra e de sua cabana, onde dormem os filhos de seu sangue. Quando ele volta e que seus olhos primeiro avistam o morro das areias, a alegria volta ao seio do homem. Então ele diz que o morro das areias dá alegria!

– O pescador diz bem; porque teu irmão ficou contente como ele, vendo o monte das areias.

---

17. Espécie de canoa feita de um só toro ou de uma casca de árvore.

Martim subiu com Poti ao cimo do Mocoribe. Iracema, seguindo com os olhos o esposo, divagava como a jaçanã em torno do lindo seio, que ali fez a terra para receber o mar.

De passagem ela colhia os doces cajus, que aplacam a sede aos guerreiros, e apanhava as mimosas conchas para ornar seu colo.

Os viajantes estiveram em Mocoribe três sóis. Depois Martim levou seus passos além. A esposa e o amigo o seguiram até a embocadura de um rio cujas margens eram alagadas e cobertas de mangue. O mar entrando por ele formava uma bacia de água cristalina, que parecia cavada na pedra como um camucim.

O guerreiro cristão ao percorrer essa paragem, começou de cismar. Até ali ele caminhava sem destino, movendo seus passos ao acaso; não tinha outra intenção mais que afastar-se das tabas dos pitiguaras para arrancar a tristeza do coração de Iracema. O cristão sabia por experiência que a viagem acalenta a saudade, porque a alma para enquanto o corpo se move. Agora sentado na praia, pensava.

Poti veio:

– O guerreiro branco pensa; o seio do irmão está aberto para receber seu pensamento.

– Teu irmão pensa que este lugar é melhor do que as margens do Jaguaribe para a taba dos guerreiros de sua raça. Nestas águas as grandes igaras que vêm de longes terras se esconderiam do vento e do mar; daqui elas iriam ao Mearim destruir os brancos tapuias*, aliados dos tabajaras, inimigos de tua nação.

O chefe pitiguara meditou e respondeu:

– Vai buscar teus guerreiros. Poti plantará sua taba junto da mairi* de seu irmão.

Aproximava-se Iracema. O cristão mandou com um gesto o silêncio ao chefe pitiguara.

– A voz do esposo se cala, e seus olhos se baixam, quando chega Iracema. Queres tu que ela se afaste?

– Quer teu esposo que chegues mais perto, para que sua voz e seus olhos penetrem mais dentro de tua alma.

A formosa selvagem desfez-se em risos, como se desfaz a flor do fruto que desponta, e foi debruçar-se na espádua do guerreiro.

– Iracema te escuta.

– Estes campos são alegres, e mais serão quando Iracema neles habitar. Que diz teu coração?

– O coração da esposa está sempre alegre junto de seu senhor e guerreiro.

Seguindo pela margem do rio o cristão escolheu um lugar para levantar a cabana. Poti cortou esteios dos troncos da carnaúba; a filha de Araquém ligava os leques da palmeira para vestir o teto e as paredes; Martim cavou a terra com a espada e fabricou a porta das fasquias da taquara.

Quando veio a noite, os dois esposos armaram a rede em sua nova cabana; e o amigo no copiar que olhava para o nascente.

XXII

Poti saudou o amigo e falou assim:

– "Antes que o pai de Jacaúna e Poti, o valente guerreiro Jatobá, mandasse sobre todos os guerreiros pitiguaras, o grande tacape da nação estava na destra de Batuireté*, o maior chefe, pai de Jatobá. Foi ele que veio pelas praias do mar até o rio do jaguar, e expulsou os tabajaras para dentro das terras, marcando a cada tribo seu lugar; depois entrou pelo sertão até a serra que tomou seu nome.

"Quando suas estrelas eram muitas*, e tantas que seu camucim já não cabia as castanhas que marcavam o número, o corpo vergou para a terra, o braço endureceu como o galho do ubiratã que não verga, seus olhos se escureceram.

"Chamou então o guerreiro Jatobá* e disse: – Filho, toma o tacape da nação pitiguara. Tupã não quer que Batuireté o leve mais à guerra, pois tirou a força de seu corpo, o movimento do seu braço e a luz de seus olhos. Mas Tupã foi bom para ele, pois lhe deu um filho como o guerreiro Jatobá.

"Jatobá empunhou o tacape dos pitiguaras. Batuireté tomou o bordão de sua velhice e caminhou. Foi atravessando os vastos sertões, até os campos viçosos onde correm as águas que vêm das bandas da noite. Quando o velho guerreiro arrastava o passo pelas margens, e a sombra de seus olhos não lhe deixava que visse mais os frutos nas árvores ou os pássaros no ar, ele dizia em sua tristeza: – Ah! meus tempos passados!

"A gente que o ouvia chorava a ruína do grande chefe; e desde então passando por aqueles lugares repetia suas palavras; donde veio chamar-se o rio e os campos, Quixeramobim*.

"Batuireté veio pelo caminho das garças* até aquela serra que tu vês longe, onde primeiro habitou. Lá no píncaro o velho guerreiro fez seu ninho alto como o gavião, para encher o resto de seus dias, conversando com Tupã. Seu filho já dorme embaixo da terra, e ele ainda na outra lua cismava na porta de sua cabana, esperando a noite que traz o grande sono. Todos os chefes pitiguaras, quando acordam à voz da guerra, vão pedir ao velho que lhes ensine a vencer, porque nenhum outro guerreiro jamais soube como ele combater. Assim as tribos não o chamam mais pelo nome, senão o grande sabedor da guerra, Maranguab*.

"O chefe Poti vai à serra ver seu grande avô; mas antes que o dia morra, ele estará de volta na cabana de seu irmão. Tens tu outra vontade?"

– O guerreiro branco te acompanha. Ele quer abraçar o grande chefe dos pitiguaras, avô de seu irmão, e dizer ao velho que renasce em seu neto.

Martim chamou Iracema; e partiram ambos guiados pelo pitiguara para a serra do Maranguab, que se levantava no horizonte. Foram seguindo o curso do rio até onde nele entrava o ribeiro de Pirapora*.

A cabana do velho guerreiro estava junto das formosas cascatas, onde salta o peixe no meio dos borbotões de espuma. As águas ali são frescas e macias, como a brisa do mar, que passa entre as palmas dos coqueiros, nas horas da calma.

Batuireté estava sentado sobre uma das lapas da cascata; e o sol ardente caía sobre sua cabeça nua de cabelos e cheia de rugas como o jenipapo. Assim dorme o jaburu na borda do lago.

– Poti é chegado à cabana do grande Maranguab, pai de Jatobá, e trouxe seu irmão branco para ver o maior guerreiro das nações.

O velho soabriu as pesadas pálpebras, e passou do neto ao estrangeiro um olhar baço. Depois o peito arquejou e os lábios murmuraram:

– Tupã quis que estes olhos vissem antes de se apagarem o gavião branco* junto da narceja.

O abaeté derrubou a fronte aos peitos, e não falou mais, nem mais se moveu.

Poti e Martim julgaram que ele dormia e se afastaram com respeito para não perturbar o repouso de quem tanto obrara na longa vida. Iracema, que se banhava na próxima cachoeira, veio-lhes ao encontro, trazendo na folha da taioba favos de mel puríssimo.

Discorreram os amigos pelas floridas encostas até que as sombras da montanha se estenderam pelo vale.

Tornaram então ao lugar onde tinham deixado o Maranguab.

O velho ainda lá estava na mesma atitude, com a cabeça derrubada ao peito e os joelhos encostados à fronte. As formigas subiam pelo seu corpo; e os tuins[18] adejavam em torno e pousavam-lhe na calva.

Poti pôs a mão no crânio do velho e conheceu que era finado; morrera de velhice. Então o chefe pitiguara entoou o canto da morte; e depois foi à cabana buscar o camucim, que transbordava com as castanhas do caju. Martim contou cinco vezes cinco mãos.

Entanto Iracema colhia na floresta a andiroba, para ungir o corpo do velho que a mão piedosa do neto encerrou no camucim. O vaso fúnebre ficou suspenso ao teto da cabana.

Depois que plantou urtiga em frente à porta, para defender contra os animais a oca abandonada, Poti despediu-se triste daqueles lugares, e tornou com seus companheiros à borda do mar.

A serra onde estava outrora a cabana tomou o nome de Maranguape, assim chamada porque aí repousa o sabedor da Guerra.

---

18. Espécie de periquito, e menor em terras brasileiras.

XXIII

Quatro luas tinham alumiado o céu depois que Iracema deixara os campos do Ipu; e três depois que ela habitava nas praias do mar a cabana de seu esposo.

A alegria morava em sua alma. A filha dos sertões era feliz, como a andorinha que abandona o ninho de seus pais e emigra para fabricar novo ninho no país onde começa a estação das flores. Também Iracema achara nas praias do mar um ninho do amor, nova pátria para o coração.

Ela discorria as amenas campinas, como o colibri borboleteando entre as flores da acácia. A luz da manhã já a encontrava suspensa ao ombro do esposo e sorrindo, como a enrediça, que entrelaça o tronco e todas as manhãs o coroa de nova grinalda.

Martim partia para a caça com Poti. Ela separava-se então dele, para mais sentir o desejo de tornar a ele.

Perto havia uma formosa lagoa no meio da verde campina. Para lá volvia a selvagem o ligeiro passo. Era a hora do banho da manhã; atirava-se à água, e nadava com as garças brancas e as vermelhas jaçanãs. Os guerreiros pitiguaras, que apareciam por aquelas paragens, chamavam a essa lagoa Porangaba*, ou lagoa da beleza, porque nela se banhava Iracema, a mais bela filha da raça de Tupã.

E desde esse tempo as mães vinham de longe mergulhar suas filhas nas águas da Porangaba, que tinham a virtude de tornar as virgens formosas e amadas pelos guerreiros.

Depois do banho, Iracema divagava até as faldas da serra do Maranguab, onde nascia o ribeiro das marrecas, o Jereraú*. Ali cresciam na frescura e sombra as frutas mais saborosas de todo o país; delas fazia copiosa provisão, e esperava se embalando nas ramas do maracujá, que Martim tornasse da caça.

Outras vezes não era a Jereraú que a levava sua vontade, mas do oposto lado, junto da lagoa da Sapiranga*, cujas águas diziam que inflamavam os olhos. À cerca daí havia um bosque frondoso de muritis, que formavam no meio do tabuleiro uma grande ilha de formosas palmeiras. Iracema gostava do muritiapuá*, onde o vento suspirava docemente; ali espolpava ela o vermelho coco, para fabricar a bebida refrigerante, adoçada com o mel da abelha, que os guerreiros amavam durante a maior calma do dia.

Uma manhã Poti guiou Martim à caça. Caminharam para uma serra, que se levanta ao lado da outra do Maranguab, sua irmã. O alto cabeço se curva à semelhança do bico pontudo da arara; pelo que os guerreiros a chamaram Aratanha*. Eles subiram pela encosta da Guaiúba* por onde as águas descem para o vale, e foram até o córrego habitado pelas pacas.

Só havia sol no bico da arara quando os caçadores desceram de Pacatuba* ao tabuleiro. De longe viram Iracema, que viera esperá-los à margem de sua lagoa da Porangaba. Caminhava para eles com o passo altivo da garça que passeia à beira d'água: por cima da carioba trazia uma cintura das flores da maniva, que era o símbolo da fecundidade. Colar das mesmas cingia-lhe o colo e ornava os rijos seios palpitantes.

Travou da mão do esposo, e a impôs no regaço:

– Teu sangue já vive no seio de Iracema. Ela será mãe de teu filho!

– Filho, dizes tu! – exclamou o cristão em júbilo.

Ajoelhou ali e, cingindo-a com os braços, beijou o ventre fecundo da esposa. Quando ergueu-se, Poti falou:

– A felicidade do mancebo é a esposa e o amigo; a primeira dá alegria; o segundo dá força: o guerreiro sem a esposa é como a árvore sem folhas nem flores; nunca ela verá o fruto. O guerreiro sem amigo é como a árvore solitária no meio do campo que o vento embalança: o fruto dela nunca amadura. A felicidade do varão é a prole, que nasce dele e faz seu orgulho; cada guerreiro que sai de suas veias é mais um galho que leva seu nome às nuvens, como a grimpa do cedro. Amado de Tupã é o guerreiro que tem uma esposa, um amigo e muitos filhos; ele nada mais deseja senão a morte gloriosa.

Martim uniu o peito ao peito de Poti:

– O coração do esposo e do amigo falou por tua boca. O guerreiro branco é feliz, chefe dos pitiguaras, senhores das praias do mar; e a felicidade nasceu para ele na terra das palmeiras, onde recende a baunilha, e foi gerada do sangue de tua raça, que tem no rosto a cor do sol. O guerreiro branco não quer mais outra pátria, senão a pátria de seu filho e de seu coração.

Ao romper d'alva Poti partiu para colher as sementes de crajuru que dão a mais bela tinta vermelha, e a casca do angico de onde sai a cor negra mais lustrosa. De caminho sua flecha certeira abateu o pato selvagem que plainava nos ares: e ele arrancou das asas as longas penas. Subindo ao Mocoribe, rugiu a inúbia. A refega que vinha do mar levou longe o rouco som. O búzio dos pescadores do Trairi e a trombeta dos caçadores do Soipé responderam.

Martim banhou-se n'água do rio, e passeou na praia para secar o corpo ao vento e ao sol. Ao seu lado ia Iracema, que apanhava o âmbar* amarelo, que o mar arrojava. Todas as noites a esposa perfumava seu corpo e a alva rede, para que o amor do guerreiro se deleitasse nela.

Voltou Poti.

XXIV

Foi costume da raça, filha de Tupã, que o guerreiro trouxesse no corpo as cores de sua nação.

Traçavam em princípio negras riscas sobre o corpo, à semelhança do pelo do coati, de onde procedeu o nome dessa arte da pintura guerreira*. Depois variaram as cores, e muitos guerreiros costumavam escrever os emblemas de seus feitos.

O estrangeiro, tendo adotado a pátria da esposa e do amigo, devia passar por aquela cerimônia, para tornar-se um guerreiro vermelho, filho de Tupã. Nessa intenção fora Poti se prover dos objetos necessários.

Iracema preparou as tintas. O chefe, embebendo as ramas da pluma, traçou pelo corpo os riscos vermelhos e pretos, que ornavam a grande nação pitiguara. Depois pintou na fronte uma flecha e disse:

– Assim como a seta traspassa o duro tronco, assim o olhar do guerreiro penetra n'alma dos povos.

No braço, um gavião.

– Assim como o anajê cai das nuvens, assim cai o braço do guerreiro sobre o inimigo.

No pé esquerdo, a raiz do coqueiro.

– Assim como a pequena raiz agarra na terra o alto coqueiro, o pé firme do guerreiro sustenta seu corpo. No pé direito pintou uma asa:

– Assim como a asa do majoí rompe os ares, o pé veloz do guerreiro não tem igual na corrida.

Iracema tomou a rama da pena e pintou uma folha com uma abelha sobre: sua voz ressoou entre sorrisos:

– Assim como a abelha fabrica mel no coração negro do jacarandá, a doçura está no peito do mais valente guerreiro.

Martim abriu os braços e os lábios para receber corpo e alma da esposa.

– Meu irmão é um grande guerreiro da nação pitiguara; ele precisa de um nome na língua de sua nação.

– O nome de teu irmão está em seu corpo, onde o pôs tua mão.

– Coatiabo!* exclamou Iracema.

– Tu disseste; eu sou o guerreiro pintado; o guerreiro da esposa e do amigo.

Poti deu a seu irmão o arco e o tacape, que são as armas nobres do guerreiro. Iracema havia tecido para ele o cocar e a araçoia, ornatos dos chefes ilustres.

A filha de Araquém foi buscar à cabana as iguarias do festim e os vinhos de jenipapo e mandioca. Os guerreiros beberam copiosamente e trançaram as danças alegres. Durante que volviam em torno dos fogos da alegria, ressoavam as canções.

Poti cantava:

– Como a cobra que tem duas cabeças em um só corpo, assim é a amizade de Coatiabo e Poti.

Acudiu Iracema:

– Como a ostra que não deixa o rochedo, ainda depois de morta, assim é Iracema junto a seu esposo.

Os guerreiros disseram:

– Como o jatobá na floresta, assim é o guerreiro Coatiabo entre o irmão e a esposa: seus ramos abraçam os ramos do ubiratã, e sua sombra protege a relva humilde.

Os fogos da alegria arderam até que veio a manhã; e com eles durou o festim dos guerreiros.

XXV

A alegria ainda morou na cabana todo o tempo que as espigas de milho levaram a amarelecer.

Uma alvorada, caminhava o cristão pela borda do mar. Sua alma estava cansada.

O colibri* sacia-se de mel e perfume; depois adormece em seu branco ninho de cotão, até que volta no outro ano a lua das flores. Como o colibri, a alma do guerreiro também satura-se de felicidade, e carece de sono e repouso.

A caça e as excursões pelas montanhas em companhia do amigo, as carícias da terna esposa que o esperavam na volta, o doce carbeto* no copiar da cabana, já não acordavam nele as emoções de outrora. Seu coração ressonava.

Iracema brincava pela praia: os olhos dele retiravam-se dela para se estenderem pela imensidade dos mares. Viram umas asas brancas, que adejavam pelos campos azuis. Conheceu o cristão que era uma grande igara de muitas velas, como construíam seus irmãos; e a saudade da pátria apertou em seu seio.

Alto ia o Sol; e o guerreiro na praia seguia com os olhos as asas brancas que fugiam. Debalde a esposa o chamou à cabana, debalde ofereceu a seus olhos, as graças dela e os frutos melhores do campo. Não se moveu o guerreiro, senão quando a vela sumiu-se no horizonte.

Poti voltou da serra, onde pela vez primeira fora só. Tinha deixado a serenidade na fronte de seu irmão e achava ali a tristeza. Martim saiu-lhe ao encontro:

– A igara grande do branco tapuia passou no mar. Os olhos de teu irmão a viram voar para as margens do Mearim, onde estão os aliados dos tupinambás, inimigos de tua e minha raça.

– Poti é senhor de mil arcos; se é teu desejo, ele te acompanhará com seus guerreiros às margens do Mearim para vencer o tapuitinga e seu amigo, o traidor tupinambá.

– Quando for tempo teu irmão te dirá.

Os guerreiros entraram na cabana, onde estava Iracema. A maviosa canção nesse dia tinha emudecido nos lábios da esposa. Ela tecia suspirando a franja da rede materna, mais larga e espessa que a rede do himeneu.

Poti, que a viu tão ocupada, falou:

– Quando a sabiá canta é o tempo do amor; quando emudece, fabrica o ninho para sua prole; é o tempo do trabalho.

– Meu irmão fala como a rã quando anuncia a chuva; mas a sabiá que faz seu ninho, não sabe se dormirá nele. A voz de Iracema gemia. Seu olhar buscou o esposo. Martim pensava: as palavras de Iracema passaram por ele, como a brisa pela face lisa da rocha, sem eco nem rumores.

O Sol brilhava sempre sobre as praias do mar, e as areias refletiam os raios ardentes; mas nem a luz que vinha do céu, nem a luz que ia da terra espancaram a sombra n'alma do cristão. Cada vez o crepúsculo era maior em sua fronte.

Chegou das margens do Acarú um guerreiro pitiguara, mandado por Jacaúna a seu irmão Poti. Ele veio seguindo o rastro dos viajantes até o Trairi, onde os pescadores o guiaram à cabana.

Poti estava só no copiar; ergueu-se e abaixou a fronte para escutar com respeito e gravidade as palavras que lhe mandava seu irmão pela boca do mensageiro:

– O tapuitinga, que estava no Mearim, veio pelas matas até o princípio da Ibiapaba, onde fez aliança com Irapuã, para combater a nação pitiguara. Eles vão descer da serra às margens do rio em que bebem as garças, e onde tu levantaste a taba de teus guerreiros. Jacaúna te chama para defender os campos de nossos pais: teu povo carece de seu maior guerreiro.

– Volta às margens do Acaraú, e teu pé não descanse enquanto não pisar o chão da cabana de Jacaúna. Quando aí estiveres, dize ao grande chefe: – "Teu irmão é chegado à taba de seus guerreiros." – E tu não mentirás.

O mensageiro partiu.

Poti vestiu suas armas e caminhou para a várzea, guiado pelo passo de Coatiabo. Ele o encontrou muito além, vagando entre os canaviais que bordam as margens de Jacareí.

– O branco tapuia está na Ibiapaba para ajudar os tabajaras a combater contra Jacaúna. Teu irmão corre a defender a terra de seus filhos, e a taba onde dorme os camucins de seus pais. Ele saberá vencer depressa para voltar à tua presença.

– Teu irmão parte contigo. Nada separa dois guerreiros amigos quando brada a inúbia da guerra.

– Tu és grande como o mar e bom como o céu.

Abraçaram-se e partiram com o rosto para as bandas do nascente.

XXVI

Caminhando, caminhando, chegaram os guerreiros à margem de um lago que havia nos tabuleiros.

O cristão parou de repente e voltou o rosto para as bandas do mar: a tristeza saiu de seu coração e subiu à fronte.

– Meu irmão, disse o chefe, teu pé criou raiz na terra do amor; fica: Poti voltará breve.

– Teu irmão te acompanha; ele disse, e sua palavra é como a seta de teu arco; quando soa, é chegada.

– Queres tu que Iracema te acompanhe às margens do Acaracu?

– Nós vamos combater seus irmãos. A taba dos pitiguaras não terá para ela mais que tristeza e dor. A filha dos tabajaras deve ficar.

– Que esperas tu então?

– Teu irmão se aflige porque a filha dos tabajaras pode ficar triste e abandonar a cabana, sem esperar pela sua volta. Antes de partir ele queria sossegar o espírito da esposa.

Poti refletiu:

– As lágrimas da mulher amolecem o coração do guerreiro, como o orvalho da manhã amolece a terra.

– Meu irmão é um grande sabedor. O esposo deve partir sem ver Iracema.

O cristão avançou. Poti mandou-lhe que esperasse; da aljava de setas que Iracema emplumara de penas vermelhas e pretas, e suspendera aos ombros do esposo, tirou uma.

O chefe pitiguara vibrou o arco; a seta atravessou um goiamum[19] que discorria pelas margens do lago, e só parou onde a pluma não a deixou mais entrar.

Fincou o guerreiro no chão a flecha, com a presa atravessada, e tornou para Coatiabo:

– Tu podes partir agora. Iracema seguirá teu rastro; chegando aqui, verá tua seta, e obedecerá à tua vontade. Martim sorriu; e quebrando um ramo do maracujá, a flor da lembrança, o entrelaçou na haste da seta, e partiu enfim seguido por Poti.

Breve desapareceram os dois guerreiros entre as árvores. O calor do Sol já tinha secado seus passos na beira do lago. Iracema inquieta veio pela várzea seguindo o rastro do esposo até o tabuleiro. As sombras doces vestiam os campos quando ela chegou à beira do lago.

Seus olhos viram a seta do esposo fincada no chão, o goiamum trespassado, o ramo partido, e encheram-se de pranto.

– Ele manda que Iracema ande para trás, como o goiamum, e guarde sua lembrança, como o maracujá guarda sua flor todo o tempo, até morrer.

A filha dos tabajaras retraiu os passos lentamente, sem volver o corpo, nem tirar os olhos da seta de seu esposo, e tornou à cabana. Aí sentada à soleira,

---

19. Espécie de crustáceo muito comum nos mangues brasileiros.

com a fronte nos joelhos esperou, até que o sono acalentou a dor em seu peito.

Apenas alvorou o dia, ela moveu o passo rápido a lagoa, e chegou à margem. A flecha lá estava como na véspera: o esposo não tinha voltado.

Desde então à hora do banho, em vez de buscar a lagoa da beleza, onde outrora tanto gostara de nadar, caminhava para aquela, que vira seu esposo abandoná-la. Sentava junto à flecha, até que descia a noite; então se recolhia à cabana.

Tão rápida partia de manhã, como lenta voltava à tarde. Os mesmos guerreiros que a tinham visto alegre nas águas da Porangaba, agora encontrando-a triste e só, como a garça viúva, na margem do rio, chamavam aquele sítio da Mecejana, a abandonada.

Uma vez que a formosa filha de Araquém se lamentava à beira da lagoa da Mecejana*, uma voz estridente gritou seu nome do alto da carnaúba:

– Iracema!... Iracema!...

Ergueu ela os olhos e viu entre as folhas da palmeira sua linda jandaia, que batia as asas e arrufava as penas com o prazer de vê-la.

A lembrança da pátria, apagada pelo amor, ressurgiu em seu pensamento. Viu os formosos campos do Ipu; as encostas da serra onde nascera, a cabana de Araquém; e teve saudades; mas ainda naquele instante, não se arrependeu de os ter abandonado.

Seu lábio emitiu um canto. A jandaia, abrindo as asas, esvoaçou-lhe em torno e pousou no ombro. Alongando fagueira o colo, com o negro bico alisou-lhe os cabelos e beliscou a boca vermelha como uma pitanga.

Iracema lembrou-se que tinha sido ingrata para a jandaia esquecendo-a no tempo da felicidade; e agora ela vinha para a consolar no tempo da desventura.

Nesta tarde não voltou só à cabana. Durante o dia seus dedos ágeis teceram o formoso uru[20] de palha que forrou da felpa macia da monguba* para agasalhar sua companheira e amiga.

Na seguinte alvorada foi a voz da jandaia que a despertou. A linda ave não deixou mais sua senhora; ou porque depois da longa ausência não se fartasse de a ver, ou porque adivinhasse que ela tinha necessidade de quem a acompanhasse em sua triste solidão.

---

20. Espécie de pássaro.

XXVII

Uma tarde Iracema viu de longe dois guerreiros que avançavam pelas praias do mar. Seu coração palpitou mais apressado.

Instante depois ela esquecia nos braços do esposo tantos dias de saudade e abandono, que passara na solitária cabana. Outra vez sua graça encheu os olhos do cristão; a alegria voltou a habitar em sua alma.

Como a seca várzea, com a vinda do nevoeiro, reverdece e matiza-se de flores, a formosa filha do sertão com a volta do esposo reanimou-se; e sua beleza esmaltou-se de meigos e ternos sorrisos.

Martim e seu irmão haviam chegado à taba de Jacaúna, quando soava a inúbia; eles guiaram ao combate os mil arcos de Poti. Ainda dessa vez os tabajaras, apesar da aliança dos brancos tapuias do Mearim, foram levados de vencida pelos valentes pitiguaras.

Nunca tão disputada vitória e tão renhida disputa se pelejou nos campos que regam o Acaraú e o Camucim; o valor era igual de parte a parte, e nenhum dos dois povos fora vencido, se o deus da guerra não tivesse decidido dar estas plagas à raça do guerreiro branco, aliada dos pitiguaras.

Logo após a vitória o cristão tornara às praias do mar, onde construíra sua cabana. De novo sentiu em sua alma a sede do amor; e tremia de pensar que Iracema houvesse partido, deixando ermo aquele sítio tão povoado outrora pela felicidade.

O cristão amou outra vez a filha do sertão, como da primeira vez, quando parece que o tempo não poderá exaurir o coração. Mas breves sóis bastaram para murchar aquelas flores de um coração exilado da pátria.

O imbu*, filho da serra, se nasceu na várzea porque o vento ou as aves trouxeram a semente, vingou, achando boa terra e fresca sombra; talvez um dia copou a verde folhagem e enflorou. Mas basta um sopro do mar, para tudo murchar. As folhas lastram o chão; as flores, leva-as a brisa.

Como o imbu na várzea era o coração do guerreiro branco na terra selvagem. A amizade e o amor o acompanharam e sustiveram algum tempo; mas agora longe de sua casa e de seus irmãos, sentiu-se em um ermo. O amigo e a esposa não chegavam mais à sua existência, cheia de grandes e nobres ambições.

Passava os já tão breves, agora longos sóis, na praia, ouvindo gemer o vento e soluçar as ondas. Os olhos, engolfados na imensidade do horizonte, buscavam, mas embalde, discenir do azul diáfano a alvura de uma vela perdida nos mares.

A distância curta da cabana, se elevava à borda do oceano um alto morro de areia; pela semelhança com a cabeça do crocodilo o chamavam os pescadores Jacarecanga*. Do seio das brancas areias escaldadas pelo ardente sol, manava uma água fresca e pura; assim destila a dor lágrimas doces de alívio e consolo.

A esse monte subia o cristão; e lá ficava cismando em seu destino. Às vezes lhe vem à mente a ideia de tornar à sua terra e aos seus; mas ele sabe que Iracema o acompanhará; e essa lembrança lhe remorde o coração. Cada passo mais que afaste dos campos nativos a filha dos tabajaras, agora que não tem o ninho de seu coração para abrigar-se, é uma porção da vida que lhe rouba.

Poti conhece que Martim deseja estar só, e afasta-se discreto. O guerreiro sabe o que aflige a alma do seu irmão; e tudo espera do tempo, porque só o tempo endurece o coração do guerreiro, como o cerne do jacarandá.

Iracema também foge dos olhos do esposo, porque já percebeu que esses olhos tão amados se turbam com a vista dela, e em vez de se encherem de sua beleza como outrora, a despedem de si. Mas os olhos dela não se cansam de acompanhar à parte e de longe o guerreiro senhor, que os fez cativos.

Ai da esposa!... Sentiu já o golpe no coração e, como a copaíba[21] ferida no âmago, destila lágrimas em fio.

---

21. Árvore frondosa, de madeira avermelhada, produz um óleo medicinal e viscoso.

XXVIII

Uma vez o cristão ouviu dentro em sua alma o soluço de Iracema: seus olhos buscaram em torno e não a viram.

A filha de Araquém estava além, entre as verdes moitas de ubaia[22], sentada na relva. O pranto desfiava de seu belo semblante, e as gotas que rolavam a uma e uma caíam sobre o regaço, onde já palpitava e crescia o filho do amor. Assim caem as folhas da árvore viçosa antes que amadureça o fruto.

– O que espreme as lágrimas do coração de Iracema?

– Chora o cajueiro quando fica tronco seco e triste. Iracema perdeu sua felicidade, depois que te separaste dela.

– Não estou eu junto a ti?

– Teu corpo está aqui; mas tua alma voa à terra de teus pais, e busca a virgem branca, que te espera.

Martim doeu-se. Os grandes olhos negros que a indiana pousara nele o tinham ferido no âmago.

– O guerreiro branco é teu esposo: ele te pertence. A formosa tabajara sorriu em sua tristeza:

– Quanto tempo há que retiraste de Iracema teu espírito? Antes teu passo te guiava para as frescas serras e os alegres tabuleiros; teu pé gostava de pisar a

---

22. Espécie de fruta muito ácida, no formato de uma pera, muito comum nas matas tropicais brasileiras.

terra da felicidade e seguir o rastro da esposa. Agora só buscas as praias ardentes, porque o mar que lá murmura vem dos campos em que nasceste; e o morro das areias, porque do alto se avista a igara que passa.

– É a ânsia de combater o tupinambá que volve o passo do guerreiro para as bordas do mar, respondeu o cristão.

Iracema continuou:

– Teu lábio secou para a esposa, como a cana quando ardem os grandes sóis; perde o grato mel e as folhas murchas não podem mais brincar quando passa a brisa. Agora só falas ao vento da praia para que ele leve tua voz à cabana de teus pais.

– A voz do guerreiro branco chama seus irmãos para defender a cabana de Iracema e a terra de seu filho, quando o inimigo vier.

A esposa meneou a cabeça:

– Quando tu passas no tabuleiro, teus olhos fogem do fruto do jenipapo e buscam a flor do espinheiro; a fruta é saborosa, mas tem a cor dos tabajaras; a flor tem a alvura das faces da virgem branca. Se cantam as aves, teu ouvido não gosta já de escutar o canto mavioso da graúna; mas tua alma se abre para o grito do japim*, porque ele tem as penas douradas como os cabelos daquela que tu amas!

– A tristeza escurece a vista de Iracema e amarga seu lábio. Mas a alegria há de voltar à alma da esposa, como volta à árvore a verde rama.

– Quando teu filho deixar o seio de Iracema, ela morrerá, como o abati depois que deu seu fruto. Então o guerreiro branco não terá mais quem o prenda na terra estrangeira.

– Tua voz queima, filha de Araquém, como o sopro que vem dos sertões do Icó, no tempo dos grandes calores. Queres tu abandonar teu esposo?

– Não veem teus olhos lá o formoso jacarandá, que vai subindo às nuvens? A seus pés ainda está a seca raiz da murta frondosa, que todos os invernos se cobria de rama e bagos vermelhos, para abraçar o tronco irmão. Se ela não morresse, o jacarandá não teria sol para crescer àquela altura. Iracema é a folha escura* que faz sombra em tua alma: deve cair, para que a alegria alumie teu seio.

O cristão cingiu o talhe da formosa indiana e a estreitou ao peito. Seu lábio pousou no lábio da esposa um beijo, mas áspero e morno.

XXIX

Poti voltou do banho.

Segue na areia o rastro de Coatiabo, e sobe ao alto da Jacarecanga. Aí encontra o guerreiro em pé no cabeço do monte, com os olhos alongados e os braços estendidos para os largos mares.

Volve o pitiguara as vistas e descobre uma grande igara, que vem sulcando os verdes mares, impelida pelo vento:

– É a grande igara dos irmãos de meu irmão que vem buscá-lo! O cristão suspirou:

– São os guerreiros brancos inimigos de minha raça, que buscam as praias da valente nação pitiguara, para a guerra da vingança: eles foram derrotados com os tabajaras nas margens do Camucim; agora vêm com seus amigos os tupinambás* pelo caminho do mar.

– Meu irmão é um grande chefe. Que pensa ele que deve fazer seu irmão Poti?

– Chama os caçadores de Soipé e os pescadores do Trairi. Nós iremos ao seu encontro.

Poti acordou a voz da inúbia; e os dois guerreiros partiram ambos para o Mocoribe. Pouco além viram os guerreiros de Jaguaraçu e Camoropim que corriam ao grito de guerra. O irmão de Jacaúna os avisou da vinda do inimigo.

O grande maracatim corre nas ondas, ao longo da terra que se dilata até às margens do Parnaíba. A lua começava a crescer quando ele deixou as águas do Mearim; ventos contrários o tinham arrastado para os altos-mares, muito além de seu destino.

Os guerreiros pitiguaras, para não espantar o inimigo, se ocultam entre os cajueiros; e vão seguindo pela praia a grande igara: durante o dia avultam as brancas velas; de noite os fogos atravessam a negrura do mar, como vaga-lumes perdidos na mata.

Muitos sóis caminharam assim. Passam além do Camucim, e afinal pisam as lindas ribeiras da enseada dos papagaios*.

Poti manda um guerreiro ao grande Jacaúna e se prepara para o combate. Martim, que subiu ao morro de areia, conhece que o maracatim* vem recolher no seio da terra; e avisa seu irmão.

O Sol já nasceu; os guerreiros guaraciabas e os tupinambás, seus amigos, correm sobre as ondas nas ligeiras pirogas e pojam na praia. Formam o grande arco, e avançam como o cardume do peixe quando corta a correnteza do rio.

No centro estão os guerreiros do fogo, que trazem o raio; nas assas os guerreiros do Mearim, que brandem o tacape.

Mas nação alguma jamais vibrou o arco certeiro como a grande nação pitiguara; e Poti é o maior chefe, de quantos chefes empunharam a inúbia guerreira. Ao seu lado caminha o irmão, tão grande chefe como ele, e sabedor das manhas da raça branca dos cabelos do sol.

Durante a noite os pitiguaras fincam na praia a forte caiçara de espinho, e levantam contra ela um muro de areia, onde o raio esfria e se apaga. Aí esperam o inimigo. Martim manda que outros guerreiros subam à copa dos mais altos coqueiros; ali defendidos pelas largas palmas, esperam o momento do combate.

A seta de Poti foi a primeira que partiu, e o chefe dos guaraciabas o primeiro herói que mordeu o pó da terra estrangeira. Rugem os trovões na destra dos guerreiros brancos; mas os raios que desferem mergulham-se na areia, ou se perdem nos ares.

As setas dos pitiguaras já caem do céu, já voam da terra, e se embebem todas no seio do inimigo. Cada guerreiro tomba crivado de muitas flechas, como a presa que as piranhas disputam nas águas do lago.

Os inimigos embarcam outra vez nas canoas e voltam ao maracatim em busca dos grandes e pesados trovões, que um homem só nem dois podem manejar.

Quando voltam, o chefe dos pescadores, que corre nas águas do mar como o veloz camoropim, de que tomou o nome, se arroja nas ondas, e mergulha. Ainda a espuma não se apagara, e já a piroga inimiga se afundou, parecendo que a tragara uma baleia.

Veio a noite, que trouxe o repouso.

Ao romper d'alva, o maracatim fugia no horizonte para as margens do Mearim. Jacaúna chegou, não mais para o combate e sim para o festim da vitória.

Nessa hora em que o canto guerreiro dos pitiguaras celebrava a derrota dos guaraciabas, o primeiro filho que o sangue da raça branca gerara nessa terra da liberdade, via a luz nos campos da Porangaba.

XXX

Iracema cuidou que o seio rompia-se; e buscou a margem do rio, onde crescia o coqueiro.

Estreitou-se com a haste da palmeira. A dor lacerou suas entranhas; porém logo o choro infantil inundou todo o seu ser de júbilo.

A jovem mãe, orgulhosa de tanta ventura, tomou o tenro filho nos braços e com ele arrojou-se às águas límpidas do rio. Depois suspendeu-o à teta mimosa; seus olhos então o envolviam de tristeza e amor.

– Tu és Moacir*, o nascido de meu sofrimento.

A ará, pousada no olho do coqueiro, repetiu Moacir; e desde então a ave amiga em seu canto unia ao nome da mãe, o nome do filho.

O inocente dormia; Iracema suspirava:

– A jati fabrica o mel no tronco cheiroso do sassafrás[23]; toda a lua das flores voa de ramo em ramo, colhendo o suco para encher os favos; mas ela não prova sua doçura, porque a irara devora em uma noite toda a colmeia. Tua mãe também, filho de minha angústia, não beberá em teus lábios o mel do sorriso.

A jovem mãe passou aos ombros a larga faixa* de macio algodão, que fabricara para trazer o filho sempre unido ao flanco; e seguiu pela areia o rastro

23. Um tipo de folha aromática, semelhante à canela.

do esposo, que há três sóis partira. Ela caminhava docemente para não despertar a criancinha, adormecida como o passarinho sob a asa materna.

Quando chegou junto ao grande morro das areias, viu que o rastro de Martim e Poti seguia ao longo da praia; e adivinhou que eles eram partidos para a guerra. Seu coração suspirou; mas seus olhos secos buscaram o semblante do filho.

Volve o rosto para o Mocoribe:

– Tu és o morro da alegria; mas para Iracema tu não tens senão tristeza.

Tornando, a recente mãe pousou a criança sempre dormida na rede de seu pai, viúva e solitária em meio da cabana; ela deitou-se ao chão, na esteira onde repousava, desde que os braços do esposo se não tinham mais aberto para recebê-la.

A luz da manhã entrava pela cabana, e Iracema viu entrar com ela a sombra de um guerreiro. Caubi estava em pé na porta.

A esposa de Martim ergueu-se de um ímpeto e saltou avante para proteger o filho. Seu irmão levantou da rede a ela uns olhos tristes, e falou com a voz ainda mais triste:

– Não foi a vingança que arrancou o guerreiro Caubi aos campos dos tabajaras; ele já perdoou. Foi a vontade de ver Iracema, que trouxe consigo toda sua alegria.

– Então bem-vindo seja o guerreiro Caubi na cabana de seu irmão, respondeu a esposa abraçando-o.

– O nascido de teu seio dorme nesta rede; os olhos de Caubi gostariam de vê-lo.

Iracema abriu a franja de penas; e mostrou o lindo semblante da criança. Caubi depois que o contemplou por muito tempo, entre risos, disse:

– Ele chupou tua alma*.

E beijou nos olhos da jovem mãe, a imagem da criança, que não se animava tocar com receio de ofender: A voz trêmula da filha ressoou:

– Ainda vive Araquém sobre a terra?

– Pena ainda; depois que tu o deixaste sua cabeça vergou para o peito e não se ergueu mais.

– Dize-lhe que Iracema é morta já, para que ele se console.

A irmã de Caubi preparou a refeição para o guerreiro, e armou no copiar a rede da hospitalidade para que ele repousasse das fadigas da jornada. Quando o viajante satisfez o apetite, ergueu-se com estas palavras:

– Diz onde está teu esposo e meu irmão, para que o guerreiro Caubi lhe dê o abraço da amizade.

Os lábios suspirosos da mísera esposa se moveram como as pétalas do cacto que um sopro amarrota, e ficaram mudos. Mas as lágrimas debulharam dos olhos, e caíram em bagas.

O rosto de Caubi anuviou-se:

– Teu irmão pensava que a tristeza ficara nos campos que abandonaste: porque contigo trouxeste todo o riso dos que te amavam!

Iracema secou os olhos:

– O esposo de Iracema partiu com o guerreiro Poti para as praias do Acaraú. Antes que três sóis tenham alumiado a terra ele voltará, e com ele a alegria à alma da esposa.

– O guerreiro Caubi o espera para saber o que ele fez do sorriso que morava em teus lábios.

A voz do tabajara enrouquecera; seu passo inquieto volveu a esmo pela cabana.

XXXI

Iracema cantava docemente, embalando a rede para acalentar o filho.

A areia da praia crepitou sob o pé forte e rijo do guerreiro tabajara, que vinha das bordas do mar depois da abundante pesca.

A jovem mãe cruzou as franjas da rede, para que as moscas não inquietassem o filho acalentado, e foi ao encontro do irmão:

– Caubi vai tornar às montanhas dos tabajaras! disse ela com brandura.

O guerreiro anuviou-se:

– Tu despedes teu irmão da cabana para que ele não veja a tristeza que a enche.

– Araquém teve muitos filhos em sua mocidade; uns a guerra levou e morreram como valentes; outros escolheram uma esposa, e geraram por sua vez numerosa prole: filhos de sua velhice, Araquém só teve dois. Iracema é para ele como a rola que o caçador tirou do ninho. Só resta o guerreiro Caubi ao velho pajé, para suster seu corpo vergado, e guiar seu passo trêmulo.

– Caubi partirá quando a sombra deixar o rosto de Iracema.

– Como vive estrela da noite, vive Iracema em sua tristeza. Só os olhos do esposo podem apagar a sombra em seu rosto. Parte, para que eles não se turvem com tua vista.

– Teu irmão parte para agradar tua vontade; mas ele voltará todas as vezes que o cajueiro florescer para sentir em seu coração o filho de teu ventre.

Entrou na cabana. Iracema tirou da rede a criança; e ambos, mãe e filho, palpitaram sobre o peito do guerreiro tabajara. Depois, Caubi passou a porta, e sumiu-se entre as árvores.

Iracema, arrastando o passo trêmulo, o acompanhou de longe até que o perdeu de vista na orla da mata. Aí parou: quando o grito da jandaia de envolta com o choro infantil a chamou à cabana, a areia fria onde esteve sentada guardou o segredo do pranto que embebera.

A jovem mãe suspendeu o filho à teta; mas a boca infantil não emudeceu. O leite escasso não apojava o peito.

O sangue da infeliz diluía-se todo nas lágrimas incessantes que não estancavam dos olhos; nenhum chegava aos seios, onde se forma o primeiro licor da vida.

Ela dissolveu a alva carimã* e preparou ao fogo o mingau para nutrir o filho. Quando o sol dourou a crista dos montes, partiu para a mata, levando ao colo a criança adormecida.

Na espessura do bosque está o leito da irara[24] ausente; os tenros cachorrinhos grunhem enrolando-se uns sobre os outros. A formosa tabajara aproxima-se

24. Animal carnívoro da mitologia tupi.

de manso. Prepara para o filho um berço da macia rama do maracujá; e senta-se perto.

Põe no regaço um por um os filhos da irara; e lhes abandona os seios mimosos, cuja teta rubra como a pitanga ungiu do mel da abelha. Os cachorrinhos famintos precipitam gulosos e sugam os peitos avaros de leite.

Iracema curte dor, como nunca sentiu; parece que lhe exaurem a vida, mas os seios vão-se intumescendo; apojaram afinal, e o leite, ainda rubro do sangue, de que se formou, esguicha.

A feliz mãe arroja de si os cachorrinhos e, cheia de júbilo, mata a fome ao filho. Ele é agora duas vezes filho de sua dor, nascido dela e também nutrido.

A filha de Araquém sentiu afinal que suas veias se estancavam; e contudo o lábio amargo de tristeza recusava o alimento que devia restaurar-lhe as forças.

O gemido e o suspiro tinham crestado com o sorriso o sabor em sua boca formosa.

XXXII

Descamba o Sol.

Japi sai do mato e corre para a porta da cabana.

Iracema, sentada com o filho no colo, banha-se nos raios do Sol e sente o frio arrepiar-lhe o corpo. Vendo o animal, fiel mensageiro do esposo, a esperança reanimou seu coração; quis erguer-se para ir ao encontro de seu guerreiro senhor, mas os membros débeis se recusaram à sua vontade.

Caiu desfalecida contra o esteio. Japi lambia-lhe a mão desfalecida e pulava travesso para fazer sorrir a criança, soltando uns doces latidos de prazer. Por vezes, afastava-se para correr até a orla da mata, e latir chamando o senhor; logo, tornava à cabana para festejar a mãe e o filho.

Por esse tempo pisava Martim os campos amarelos do Tauape*; seu irmão Poti, o inseparável, caminhava a seu lado.

Oito luas havia que ele deixara as praias da Jacarecanga. Depois de vencidos os guaraciabas na baía dos papagaios, o guerreiro cristão quis partir para as margens do Mearim, onde habitava o bárbaro aliado dos tupinambás.

Poti e seus guerreiros o acompanharam. Depois que transpuseram o braço corrente do mar que vem da serra de Tanatinga e banha as várzeas onde se pesca o piau*, viram enfim as praias do Mearim, e a velha taba* do bárbaro tapuia.

A raça dos cabelos do sol cada vez ganhava mais a amizade dos tupinambás: crescia o número dos guerreiros brancos, que já tinham levantado na ilha a grande itaoca*, para despedir o raio.

Quando Martim viu o que desejava, tornou aos campos da Porangaba, que ele agora trilha. Já ouve o ronco do mar nas praias do Mocoribe; já lhe bafeja o rosto o sopro vivo das vagas do oceano.

Quanto mais seu passo o aproxima da cabana, mais lento se torna e pesado. Tem medo de chegar; e sente que sua alma vai sofrer, quando os olhos tristes e magoados da esposa entrarem nela.

Há muito que a palavra desertou seu lábio seco; o amigo respeita este silêncio, que ele bem entende. É o silêncio do rio quando passa nos lugares profundos e sombrios.

Tanto que os dois guerreiros tocaram as margens do rio, ouviram o latir do cão, que os chamava, e o grito da ará, que se lamentava. Estavam mui próximos à cabana, apenas oculta por uma língua de mato. O cristão parou calcando a mão no peito para sofrear o coração, que saltava como o poraquê[25].

– O latido de Japi é de alegria, disse o chefe.

– Porque chegou; mas a voz da jandaia é de tristeza. Achará o guerreiro ausente a paz no seio da esposa solitária, ou terá a saudade matado em suas entranhas o fruto do amor?

---

25. Espécie de peixe elétrico, muito parecido com uma enguia.

O cristão moveu o passo vacilante. De repente, entre os ramos das árvores, seus olhos viram, sentada à porta da cabana, Iracema com o filho no regaço e o cão a brincar. Seu coração o arrastou de um ímpeto, e toda a alma lhe estalou nos lábios:

– Iracema!...

A triste esposa e mãe soabriu os olhos, ouvindo a voz amada. Com esforço grande, pôde erguer o filho nos braços e apresentá-lo ao pai, que o olhava extático em seu amor.

– Recebe o filho de teu sangue. Chegastes a tempo; meus seios ingratos já não tinham alimento para dar-lhe!

Pousando a criança nos braços paternos, a desventurada mãe desfaleceu como a jetica se lhe arrancam o bulbo. O esposo viu então como a dor tinha murchado seu belo corpo; mas a formosura ainda morava nela, como o perfume na flor caída do manacá*.

Iracema não se ergueu mais da rede onde a pousaram os aflitos braços de Martim. O terno esposo, em que o amor renascera com o júbilo paterno, a cercou de carícias que encheram sua alma de alegria, mas não a puderam tornar à vida: o estame de sua flor se rompera.

– Enterra o corpo de tua esposa ao pé do coqueiro que tu amaste. Quando o vento do mar soprar nas folhas, Iracema pensará que é tua voz que fala entre seus cabelos.

O doce lábio emudeceu para sempre; o último lampejo despediu-se dos olhos baços.

Poti amparou o irmão em sua grande dor. Martim sentiu quanto um amigo verdadeiro é precioso na desventura: é como o outeiro que abriga do vendaval o tronco forte e robusto do ubiratã, quando o cupim* lhe broca o âmago.

O camucim recebeu o corpo de Iracema, embebido de resinas odoríferas; e foi enterrado ao pé do coqueiro, à borda do rio. Martim quebrou um ramo de murta, a folha da tristeza, e deitou-o no jazigo de sua esposa.

A jandaia pousada no olho da palmeira repetia tristemente:

– Iracema!

Desde então os guerreiros pitiguaras, que passavam perto da cabana abandonada e ouviam ressoar a voz plangente da ave amiga, se afastavam, com a alma cheia de tristeza, do coqueiro onde cantava a jandaia. E foi assim que um dia veio a chamar-se Ceará o rio onde crescia o coqueiro, e os campos onde serpeja o rio.

XXXIII

O cajueiro floresceu quatro vezes depois que Martim partiu das praias do Ceará, levando no frágil barco o filho e o cão fiel. A jandaia não quis deixar a terra onde repousava sua amiga e senhora.

O primeiro cearense, ainda no berço, emigrava da terra da pátria. Havia aí a predestinação de uma raça?

Poti com seus guerreiros esperava na margem do rio. O cristão lhe prometera voltar. Todas as manhãs subia ao morro das areias e volvia os olhos ao mar a ver se branqueava ao longe a vela amiga.

Afinal volta Martim de novo às terras, que foram de sua felicidade, e são agora de amarga saudade. Quando seu pé sentiu o calor das brancas areias, derramou-se por todo seu ser um fogo ardente, que lhe requeimou o coração: era o fogo das recordações acesas.

Só aplacou essa chama quando ele tocou a terra onde dormia sua esposa; porque nesse instante seu coração revelou-se, como o tronco do jataí nos ardentes calores, e refrescou sua pena de lágrimas abundantes.

Muitos guerreiros de sua raça acompanharam o chefe branco, para fundar com ele a mairi[26] dos cristãos. Veio também um sacerdote de sua religião, de negras vestes, para plantar a cruz na terra selvagem.

---

26. Pequeno povoado, geralmente construído às margens dos rios.

Poti foi o primeiro que ajoelhou aos pés do sagrado lenho; não sofria ele que nada mais o separasse de seu irmão branco; por isso quis tivessem ambos um só deus, como tinham um só coração.

Ele recebeu com o batismo o nome do santo, cujo era o dia; e o do rei, a quem ia servir, e sobre os dois o seu, na língua dos novos irmãos. Sua fama cresceu, e ainda hoje é o orgulho da terra, onde ele viu a luz primeiro.

A mairi que Martim erguera à margem do rio, nas praias do Ceará, cresceu. A palavra do Deus verdadeiro germinou na terra selvagem; e o bronze sagrado ressoou nos vales onde rugia o maracá.

Jacaúna veio habitar nos campos da Porangaba para estar perto de seu amigo branco; Camarão assentou a taba de seus guerreiros nas margens da Mecejana.

Tempo depois, quando veio Albuquerque*, o grande chefe dos guerreiros brancos, Martim e Camarão partiram para as margens do Mearim a castigar o feroz tupinambá e expulsar o branco tapuia.

Era sempre com emoção que o esposo de Iracema revia as plagas onde fora tão feliz, e as verdes folhas a cuja sombra dormia a formosa tabajara.

Muitas vezes ia sentar-se naquelas doces areias, para cismar e acalentar no peito a agra saudade.

A jandaia cantava ainda no olho do coqueiro; mas não repetia já o mavioso nome de Iracema.

Tudo passa sobre a terra.

Notas

José de Alencar

Capítulo I

1) *Argumento histórico* – Em 1603, Pero Coelho, homem nobre da Paraíba, partiu como capitão-mor de descoberta, levando uma força de 80 colonos e 800 índios. Chegou à foz do Jaguaribe e aí fundou o povoado que teve o nome de *Nova Lisboa*.

Foi esse o primeiro estabelecimento colonial do Ceará.

Como Pero Coelho se visse abandonado dos sócios, mandaram-lhe João Soromenho com socorros. Esse oficial, autorizado a fazer cativos para indenização das despesas, não respeitou os próprios índios do Jaguaribe, amigos dos portugueses.

Tal foi a causa da ruína do nascente povoado. Retiraram-se os colonos, pelas hostilidades dos indígenas; e Pero Coelho ficou ao desamparo, obrigado a voltar à Paraíba por terra, com sua mulher e filhos pequenos.

Na primeira expedição foi do Rio Grande do Norte um moço de nome Martim Soares Moreno, que se ligou de amizade com Jacaúna, chefe dos índios do litoral, e seu irmão Poti. Em 1608 por ordem de D. Diogo Meneses voltou a dar princípio à regular colonização daquela capitania: o que levou a efeito fundando o presídio de Nossa Senhora do Amparo em 1611.

Jacaúna, que habitava as margens do Acaracu, veio estabelecer-se com sua tribo nas proximidades do recente povoado, para o proteger contra os índios do interior e os franceses que infestavam a costa.

Poti recebeu no batismo o nome de Antônio Felipe Camarão, que ilustrou na guerra holandesa. Seus serviços foram remunerados com o foro de fidalgo, a comenda de Cristo e o cargo de capitão-mor dos índios.

Martim Soares Moreno chegou a mestre de campo e foi um dos excelentes cabos portugueses que libertaram o Brasil da invasão holandesa. O Ceará deve honrar sua memória como a de um varão prestante e seu verdadeiro fundador, pois que o primeiro povoado à foz do rio Jaguaribe foi apenas uma tentativa frustrada.

Este é o argumento histórico da lenda; em notas especiais se indicarão alguns outros subsídios recebidos dos cronistas do tempo.

Há uma questão histórica relativa a este assunto; falo da pátria do Camarão, que um escritor pernambucano quis pôr em dúvida, tirando a glória ao Ceará para a dar à sua província.

Este ponto, aliás somente contestado nos tempos modernos pelo Sr. comendador Melo em suas *Biografias*, me parece suficientemente elucidado já, depois da erudita carta do Sr. Basílio Quaresma Torreão, publicada no *Mercantil* n. 26 de 26 de janeiro de 1860, 2ª página.

Entretanto farei sempre uma observação.

Em primeiro lugar, a tradição oral é uma fonte importante da história, e às vezes a mais pura e verdadeira. Ora, na província de Ceará, em Sobral, não só referiam-se entre gente do povo notícias do Camarão, como existia uma velha mulher que se dizia dele sobrinha. Essa tradição foi colhida por diversos escritores, entre eles o conspícuo autor da Corografia Brasílica.

O autor do *Valoroso Lucideno* é dos antigos o único que positivamente afirma ser Camarão filho de Pernambuco; mas além de encontrar essa asserção a versão de outros escritores de nota, acresce que Berredo explica perfeitamente o dito daquele escritor, quando fala da expedição de Pero Coelho de Souza a Jaguaribe, *sítio naquele tempo e também no de hoje da jurisdição de Pernambuco.*

Outro ponto é necessário esclarecer para que não me censurem de infiel à verdade histórica. É a nação de Jacaúna e Camarão que alguns pretendem ter sido a tabajara. Há nisso manifesto engano.

Em todas as crônicas se fala das tribos de Jacaúna e Camarão como habitantes do litoral, e tanto que auxiliam a fundação do Ceará, como já haviam auxiliado a da Nova Lisboa em Jaguaribe. Ora, a nação que habitava o litoral entre o Parnaíba e o Jaguaribe ou Rio Grande era a dos pitiguaras, como atesta Gabriel Soares. Os tabajaras habitavam a serra de Ibiapaba, e portanto o interior.

Como chefes dos tabajaras são mencionados Mel Redondo no Ceará e Grão Diabo no Piauí. Esses chefes foram sempre inimigos irreconciliáveis e rancorosos dos portugueses, e aliados dos franceses do Maranhão que penetraram até Ibiapaba. Jacaúna e Camarão são conhecidos por sua aliança firme com os portugueses.

Mas o que solve a questão é o seguinte texto. Lê-se nas *Memórias diárias* da guerra brasílica do conde de Pernambuco: – 1634, janeiro, 18: "Pelo bom procedimento com que havia servido A.F. Camarão o fez El-rei capitão-mor de todos os índios não somente de *sua nação, que era Pitiguar*, nas das outras residentes em várias aldeias".

Esta autoridade, além de contemporânea, testemunhal, não pode ser recusada, especialmente quando se exprime tão positiva e intencionalmente a respeito do ponto duvidoso.

2) *Onde canta a jandaia* – Diz a tradição que Ceará significa na língua indígena – *canto de jandaia*.

Aires do Casal, *Corografia brasílica*, refere essa tradição. O senador Pompeu em seu excelente dicionário topográfico menciona uma opinião, nova para mim, que pretende vir *Siará* da palavra *suia* – caça, em virtude da abundância de caça que se encontrava nas margens do rio. Essa etimologia é forçada. Para designar quantidade, usava a língua tupi da desinência *iba*; a desinência *ára* junta aos verbos designa o sujeito que exercita a ação atual; junta aos nomes o que tem atualmente o objeto; ex.: *Coatiara* – o que pinta; *Juçara* – o que tem espinhos.

Ceará é o nome composto de *cemo* – cantar forte, clamar, e *ará* – pequena arara ou periquito. Essa é a etimologia verdadeira; não só conforme com tradição, mas com as regras da língua.

3) *Iracema* – Em guarani significa lábios de mel – de *ira*, mel e *tembe* – lábios. *Tembe* na composição altera-se em *ceme*, como na palavra *ceme-iba*.

4) *Jirau* – Na jangada é uma espécie de estrado onde acomodam os passageiros; e às vezes o cobrem de palha. Em geral é qualquer estiva elevada do solo e suspensa em forquilhas.

5) *Rugitar* – É um verbo de minha composição para o qual peço vênia. Filinto Elísio criou ruidar de ruído.

Capítulo II

1) *Graúna* – É o pássaro conhecido de cor negra luzidia. Seu nome vem por corrupção de guira – pássaro, e *una*, abreviação de *pixuna* – preto.

2) *Jati* – Pequena abelha que fabrica delicioso mel.

3) *Ipu* – Chamam ainda hoje no Ceará certa qualidade de terra muito fértil, que forma grandes coroas ou ilhas no meio dos tabuleiros e sertões, e é de preferência procurada para a cultura. Daí se deriva o nome dessa comarca da província.

4) *Tabajaras* – Senhores das aldeias, de *taba* – aldeia, e *jara* – senhor. Essa nação dominava o interior da província, especialmente a serra de Ibiapaba.

5) *Oiticica* – Árvore frondosa, apreciada pela deliciosa frescura que derrama sua sombra.

6) *Gará* – Ave paludal, muito conhecida pelo nome de *guará*. Penso eu que esse nome anda corrompido de sua verdadeira origem, que é *ig* – água, e *ará* – arara: arara d'água. Também assim chamada pela bela cor vermelha.

7) *Ará* – Periquito. Os indígenas como aumentativo usavam repetir a última sílaba da palavra e às vezes toda a palavra, como *murémuré*. *Muré* – frauta, *muremuré* – grande frauta. *Arárá* vinha a ser, pois, o aumentativo de ará, e significaria a espécie maior do gênero.

8) *Uru* – Cestinho que servia de cofre às selvagens para guardar seus objetos de mais preço e estimação.

9) *Crautá* – Bromélia vulgar, de que se tiram fibras tão ou mais finas que as do linho.

10) *Juçara* – Palmeira de grandes espinhos, das quais servem-se ainda hoje para dividir os fios de renda.

11) *Uiraçaba* – Aljava, de *uira* – seta, e a desinência *çaba* – coisa própria.

12) *Quebra a flecha* – Era entre os indígenas a maneira simbólica de estabelecer a paz entre as diversas tribos, ou mesmo entre dois guerreiros inimigos. Desde já advertimos que não se estranhe a maneira por que o estrangeiro se exprime falando com os selvagens; ao seu perfeito conhecimento dos usos e língua dos indígenas, e sobretudo a ter-se conformado com eles ao ponto de deixar os trajos europeus e pintar-se, deveu Martim Soares Moreno a influência que adquiriu entre os índios do Ceará.

Capítulo III

1) *Ibiapaba* – Grande serra que se prolonga ao norte da província e a extrema com Piauí. Significa terra aparada. O Dr. Martius em seu *Glossário* lhe

atribui outra etimologia. *Iby* – terra, e *pabe* – tudo. A primeira porém tem a autoridade de Vieira.

2) *Igaçaba* – De *ig* – água, e a desinência *çaba* – coisa própria. Vaso, pote.

3) A saudação usual da hospitalidade era esta: *Ere ioubê* – tu vieste? *Pa-aiotu* – vim, sim. *Auge-be* – bem dito. Veja-se Lery, p. 286.

4) *Jaguaribe* – O maior rio da província; tirou o nome da quantidade de onças que povoavam suas margens. *Jaguar* – onça, *iba* – desinência para exprimir cópia, abundância.

5) *Pitiguaras* – Grande nação de índios que habitava o litoral da província e estendia-se desde o Parnaíba até o Rio Grande do Norte. A ortografia do nome anda mui viciada nas diferentes versões, pelo que se tornou difícil conhecer a etimologia. *Iby* significava terra; *iby-tira* veio a significar serra ou terra alta. Aos vales chamavam os indígenas *iby-tira-cua* – cintura das montanhas. A desinência *jara* – senhor, acrescentada, formou a palavra *Ibiticuara*, que por corrupção deu *Pitiguara* – senhores dos vales.

6) *Martim* – Da origem latina de seu nome, procedente de Marte, deduz o estrangeiro a significação que lhe dá.

7) *Mau espírito da floresta* – Os indígenas chamavam a esses espíritos *caa-pora*; habitantes da mata, donde por corrupção veio a palavra caipora, introduzida na língua portuguesa em sentido figurado.

Capítulo IV

1) *As mais belas mulheres* – Este costume da hospitalidade americana é atestado pelos cronistas. A ele

se atribui o belo rasgo de virtude de Anchieta, que, para fortalecer a sua castidade, compunha nas praias de Iperoig o poema da *Virgindade de Maria*, cujos versos escrevia nas areias úmidas, para melhor os polir.

2) *Jurema* – Árvore meã, de folhagem espessa; dá um fruto excessivamente amargo, de cheiro acre, do qual juntamente com as folhas e outros ingredientes preparavam os selvagens uma bebida, que tinha o efeito do haxixe, de produzir sonhos tão vivos e intensos, que a pessoa fruía neles melhor do que na realidade. A fabricação desse licor era um segredo, explorado pelos pajés, em proveito de sua influência. *Jurema* é composto de *ju* – espinho, e *rema* – cheiro desagradável.

3) *Irapuã* – De *ira* – mel, e *apuam* – Redondo; é o nome dado a uma abelha virulenta e brava, por causa da forma redonda de sua colmeia. Por corrupção reduziu-se esse nome atualmente a *arapuá*. O guerreiro de que se trata aqui é o célebre Mel Redondo, assim chamado pelos cronistas do tempo que traduziram seu nome ao pé da letra. Mel Redondo, chefe dos tabajaras da serra de Ibiapaba, foi encarniçado inimigo dos portugueses e amigo dos franceses.

4) *Estrela morta* – A estrela polar, por causa da sua imobilidade; orientavam-se por ela os selvagens durante a noite.

5) *Acaraú* – O nome do rio é *Acaracu* – de *acará* – garça, *co* – buraco, toca, ninho e *y* – som dúbio entre *i* e *u*, que os portugueses ora exprimiam de um, ora de outro modo, significando *água*. Rio do ninho das garças é, pois, a tradução de *Acaracu*; e rio das garças a de *Acaraú*. Usou-se aqui da liberdade hora-

ciana para evitar em uma obra literária, obra de gosto e artística, um som áspero e ingrato. De resto quem sabe se o nome primitivo não foi realmente *Acaraú*, que se alterou como tantos outros, pela introdução da consoante?

6) *Boicininga* – É a cobra cascavel, de *boia* – cobra, e *cininga* – chocalho.

7) *Oitibó* – É uma ave noturna, espécie de coruja.

Capítulo V

1) *Espíritos das trevas* – A esses espíritos chamavam os selvagens *curupira*, meninos maus, de *curumim* – menino, e *pira* – mau.

2) *Boré* – Frauta de bambu, o mesmo que muré.

3) *Ocara* – Praça circular que ficava no centro da taba, cercada pela estacada, e para a qual abriam todas as casas. Composto de *oca* – casa, e a desinência *ara* – que tem; aquilo que tem a casa, ou onde a casa está.

4) *Potiguara* – Comedor de camarão; de *poty* e *uara*. Nome que por desprezo davam os inimigos aos pitiguaras, que habitavam as praias e viviam em grande parte da pesca. Este nome dão alguns escritores aos pitiguaras, porque o receberam de seus inimigos.

5) *Pocema* – Grande alarido que faziam os selvagens nas ocasiões solenes, como em começo de batalha, ou nas expansões da alegria; é palavra adotada já na língua portuguesa e inserida no dicionário de Morais. Vem de *po* – mão, e *cemo* – clamar; clamor das mãos, porque os selvagens acompanhavam o vozear com o bater das palmas e das armas.

6) *Andira* – Morcego; é em alusão a seu nome que Irapuã dirige logo palavras de desprezo ao velho guerreiro.

Capítulo VI

1) *Aracati* – Significa este nome bom tempo – de *ara* e *catu*. Os selvagens do sertão assim chamavam as brisas do mar que sopram regularmente ao cair da tarde e, correndo pelo vale do Jaguaribe, se derramam pelo interior e refrigeram da calma abrasadora do verão. Daí resultou chamar-se *Aracati* o lugar de onde vinha a monção. Ainda hoje no Icó o nome é conservado à brisa da tarde, que sopra do mar.

Capítulo VII

1) *Aflar* – "Sobre este verbo que introduzi na língua portuguesa do latim *afflo*, já escrevi o que entendi em nota de uma segunda edição da Diva, que brevemente há de vir à luz". Completo equívoco de minha parte; pois o verbo foi usado por Mousinho e o padre Bernardes.

2) *Anhangá* – Davam os indígenas este nome ao espírito do mal; compõe-se de *anho* – só, e *angá* – alma. Espírito só, privado de corpo, fantasma.

Capítulo VIII

1) *Camucim* – Vaso onde encerravam os indígenas os corpos dos mortos e lhes servia de túmulo; outros dizem *camotim*, e talvez com melhor ortografia, porque, se não me engano, o nome é corrupção da frase *co* – buraco, *ambira* – defunto, *anhotim* – enterrar; buraco

para enterrar o defunto: *c' am' otim*. O nome dava-se também a qualquer pote.

2) *Guabiroba* – Deve ler-se *Andiroba*. Árvore que dá um azeite amargo.

3) *Cabelos do sol* – Em tupi *guaraciaba*. Assim, chamavam os indígenas aos europeus que tinham os cabelos louros.

Capítulo IX

1) *Moquém* – Do verbo *macaém* – assar na labareda. Era a maneira por que os indígenas conservavam a caça para não apodrecer, quando a levavam em viagem. Nas cabanas a tinham no fumeiro.

2) *Senhor do caminho* – Assim chamaram os indígenas ao guia, de *py* – caminho, e *guara* – senhor.

3) *O dia vai ficar triste* – Os tupis chamavam a tarde *caruça*, segundo o dicionário. Segundo Lery, *che caruc acy* significa "estou triste". Qual destes era o sentido figurado da palavra? Tiraram a imagem da tristeza, da sombra da tarde, ou imagem do crepúsculo, do torvamento do espírito?

4) *Jurupari* – Demônio; de *juru* – boca, e *apara* – torto, aleijado. O boca torta.

5) *Ubaia* – Fruta conhecida da espécie eugênia. Significa fruta saudável; de *uba* – fruta, e *aia* – saudável.

Capítulo X

1) *Jandaia* – Este nome que anda escrito por diversas maneiras, *nhendaia*, *nhandaia*, e em todas alterado, é apenas um adjetivo qualificativo do subs-

tantivo *ará*. Deriva-se ele das palavras *nheng* – falar, *antan* – duro, forte, áspero, e *ara* – desinência verbal que exprime o agente: *nh'ant'ara*; substituído o *t* por *d* e o *r* por *i*, tornou-se *nhandaia*, donde jandaia, que se traduzirá por periquito grasnador. Do canto desta ave, como se viu, é que vem o nome de Ceará, segundo a etimologia que lhe dá a tradição.

2) *Inhuma* – Ave noturna palamédea. A espécie de que se fala aqui é a palamédea chavaria, que canta regularmente à meia-noite. A ortografia melhor creio ser *anhuma*, talvez de *anho* – só, e *anum* – ave agoureira conhecida. Significaria então *anum solitário*, assim chamado pela tal ou qual semelhança do grito desagradável.

3) *Inúbia* – Trombeta de guerra. Os indígenas, segundo Lery, as tinham tão grandes que mediam muitos palmos no diâmetro de abertura.

Capítulo XI

1) *Guará* – Cão selvagem, lobo brasileiro. Provém esta palavra do verbo *u* – comer, do qual se forma com o relativo *g* e a desinência *ara* o verbal *g-u-ára* – comedor. A sílaba final longa é a partícula propositiva que serve para dar força à palavra. *G-u-ára-á* – realmente comedor, voraz.

2) *Jiboia* – Cobra conhecida; de *gi* – machado, e *boia* – cobra. O nome foi tirado da maneira por que a serpente lança o bote, semelhante ao golpe do machado; pode traduzir-se bem: cobra de arremesso.

3) *Sucuri* – A serpente gigante que habita nos grandes rios e engole um boi. De *suu* – animal, e *cury*

ou *curu* – roncador. Animal roncador, porque de feito o ronco da sucuri é medonho.

4) *Se é que tens sangue e não mel* – Alusão que faz o velho Andira ao nome de Irapuã, o qual, como se disse, significa mel redondo.

5) *Ouve seu trovão* – Todo esse episódio do rugido da terra é uma astúcia, como usavam os pajés e os sacerdotes de toda a nação selvagem para se imporem à imaginação do povo. A cabana estava assentada sobre um rochedo, onde havia uma galeria subterrânea que comunicava com a várzea por estreita abertura; Araquém tivera o cuidado de tapar com grandes pedras as duas aberturas, para ocultar a gruta dos guerreiros. Nessa ocasião a fenda inferior estava aberta, e o pajé o sabia; abrindo a fenda superior, o ar encanou-se pelo antro espiral com estridor medonho, e de que pode dar uma ideia o sussurro dos caramujos. – O fato é, pois, natural; a aparência, sim, é maravilhosa.

6) *Abati n'água* – *Abati* – arroz; Iracema serve-se da imagem do arroz que só viça no alagado, para exprimir sua alegria.

Capítulo XIV

1) *Ubiratã* – Pau-ferro; de *ubira* – pau, e *antan* – duro.

2) *Maracajá* – Gato selvagem, de pele mosqueada.

3) *Caititus* – Porco-do-mato, espécie de javali brasileiro. De *caeté* – mato grande e virgem, e *suu* – caça, mudado o *s* em *t* na composição pela eufonia da língua. Caça do mato virgem.

4) *Jaguar* – Vimos que *guará* significa voraz. Jaguar tem inquestionavelmente a mesma etimologia; é o verbal *guara* e o pronome *já* – nós. Jaguar era, pois, para os indígenas, todos os animais que os devoravam. *Jaguareté* – o grande devorador.

5) *Anajê* – Gavião.

6) *Acauã* – Ave inimiga das cobras; de *caa* – pau, e *uan*, do verbo *u* – que come pau.

Capítulo XV

1) *Saí* – Lindo pássaro, azul.

2) *À cintura da virgem* – Os indígenas chamavam a amante possuída *aguaçaba*; de *aba* – homem, *cua* – cintura, *çaba* – coisa própria; a mulher que o homem cinge, ou traz à cintura. Fica, pois, claro o pensamento de Iracema.

3) *Carioba* – Camisa de algodão; de *cary* – branco, e *oba* – roupa. Tinha também a *arazoia*, de *arara* e *oba* – vestido de penas de arara.

Capítulo XVI

1) *Jaci* – A Lua. De *já* – pronome nós, e *cy* – mãe. A Lua exprimia o mês para os selvagens; e seu nascimento era sempre por eles festejado.

2) *Fogos da alegria* – Chamavam os selvagens *tory* – os fachos ou fogos; e *toryba* – a alegria, a festa, a grande cópia de fachos.

3) *Bucã* – Significa uma espécie de grelha que os selvagens faziam para assar a caça, daí vem o verbo francês *boucaner*. A palavra é da língua tupi.

Capítulo XVII

1) *Abaeté* – Varão abalizado; de *aba* – homem, e *eté* – forte, egrégio.

Capítulo XVIII

1) *Jacaúna* – Jacarandá preto, de *jaca* – abreviação de jacarandá, e *una* – preto. Este Jacaúna é o célebre chefe, amigo de Martim Soares Moreno.

2) *Cuandu* – Porco-espinho.

3) *Seu colar de guerra* – O colar que os selvagens faziam dos dentes dos inimigos vencidos era um brasão e troféu de valentia.

Capítulo XIX

1) *Japi* – Significa nosso pé; do pronome *já* – nós, e *py* – pé.

2) *Ibiapina* – De *iby* – terra, e *apino* – tosquiar.

3) *Jatobá* – Grande árvore real. O lugar da cena é o sítio da hoje Vila Viçosa, onde diz a tradição ter nascido Camarão.

Capítulo XX

1) *Meruoca* – De *meru* – mosca, e *oca* – casa. Serra junto de Sobral, fértil em mantimentos.

2) *Uruburetama* – Pátria ou ninho de urubus: serra bastante alta.

3) *Mundaú* – Rio muito tortuoso que nasce na serra de Uruburetama. *Mundé* – cilada, e *hu* – rio.

4) *Potengi* – Rio que rega a cidade de Natal, donde era filho Soares Moreno.

Capítulo XXI

1) *As saborosas traíras* – É o rio Trairi, trinta léguas ao norte da capital. De *traíra* – peixe, e *y* – rio. Hoje é povoação e distrito de paz.

2) *Soipé* – País da caça. De *soo* – caça, e *ipé* – lugar onde. Diz-se hoje Suipé, rio e povoação pertencente à freguesia e termo da Fortaleza, situada à margem dos alagados chamados Jaguaruçu, na embocadura do rio.

3) *Pacoti* – Rio das pacobas. Nasce na Serra de Baturité e lança-se no oceano duas léguas ao norte de Aquirás.

4) *Iguape* – Enseada distante duas léguas de Aquirás. De *ig* – água, *cua* – cintura, e *ipé* – onde.

5) *Mocoribe* – Morro de areia na enseada do mesmo nome, a uma légua do Fortaleza; diz-se hoje Mucuripe. Vem de *corib* – alegrar, e *mo*, partícula ou abreviatura do verbo *monhang* – fazer, que se junta aos verbos neutros e mesmo ativos para dar-lhes significação passiva; ex.: *caneon* – afligir-se, *mocaneon* – fazer alguém aflito.

6) *Rio que forma um braço de mar* – É o Parnaíba, rio do Piauí. Vem de *pará* – mar, *nhanhe* – correr, e *hyba* – braço; braço corrente do mar. Geralmente se diz que pará significa rio e paraná mar; é inteiramente o contrário.

7) *Brancos tapuias* – Em tupi – *tapuitinga*. Nome que os pitiguaras davam aos franceses para diferençá-

-los dos tupinambás. *Tapuia* significa bárbaro, inimigo. De *taba* – aldeia, e *puir* – fugir: os fugidos da aldeia.

8) *Mairi* – Cidade. Talvez provenha o nome de *mair* – estrangeiro, e fosse aplicado aos povoados dos brancos em oposição às tabas dos índios.

Capítulo XXII

1) *Batuireté* – Narceja ilustre; de *batuira* e *eté*. Apelido que tomara o chefe pitiguara, e que na linguagem figurada valia tanto como valente nadador. É o nome de uma serra fertilíssima e da comarca que ela ocupa.

2) *Suas estrelas eram muitas* – Contavam os indígenas os anos pelo nascimento das plêiades no Oriente; e também costumavam guardar uma castanha de caju, de cada estação da fruta, para marcar a idade.

3) *Jatobá* – Árvore frondosa, talvez de *jetahy*, *oba* – folha, e *a*, aumentativo; jetaí de grande copa. É o nome de um rio e de uma serra em Santa Quitéria.

4) *Quixeramobim* – Segundo o Dr. Martius traduz-se por essa exclamação de saudade. Compõe-se de *Qui* – ah!, *xere* – meus, *amôbinhê* – outros tempos.

5) *Caminho das garças* – Em tupi *Acarape*, povoação na freguesia de Baturité a nove léguas da capital.

6) *Maranguab* – A serra de Maranguape, distante cinco léguas da capital, e notável pela sua fertilidade e formosura. O nome indígena compõe-se de *maran* – guerrear, e *coaub* – sabedor; *maran* talvez seja abreviação de *maramonhang* – fazer guerra, se não é,

como eu penso, o substantivo simples guerra, de que se fez o verbo composto. O Dr. Martius traz etimologia diversa. *Mara* – árvore, *angai* – de nenhuma maneira, *guabe* – comer. Esta etimologia nem me parece própria ao objeto, que é uma serra, nem conforme com os preceitos da língua.

7) *Pirapora* – Rio de Maranguape, notável pela frescura de suas águas e excelência dos banhos chamados de Pirapora, no lugar das cachoeiras. Provém o nome de *Pira* – peixe, *pore* – salto; salto do peixe.

8) *O gavião branco* – Batuireté chama assim o guerreiro branco, ao passo que trata o neto por narceja; ele profetiza nesse paralelo a destruição de sua raça pela raça branca.

Capítulo XXIII

1) *Porangaba* – Significa beleza. É uma lagoa distante da cidade uma légua em sítio aprazível. Hoje a chamam Arronches, em suas margens está a decadente povoação do mesmo nome.

2) *Jereraú* – Rio das marrecas; de *jerere* ou *irerê* – marreca, e *hu* – água. Este lugar ainda hoje é notável pela excelência de frutas, com especialidade as belas laranjas conhecidas por laranjas de Jereraú.

3) *Sapiranga* – Lagoa no sítio Alagadiço Novo, a cerca de duas léguas da capital. O nome indígena significa olhos vermelhos, de *ceça* – olhos, e *piranga* – vermelhos. Esse mesmo nome dão usualmente no Norte a certa oftalmia.

4) *Muritiapuá* – De *muriti* – nome da palmeira mais vulgarmente conhecida por buriti, e *apuã* – ilha. Lugarejo no mesmo sítio referido.

5) *Aratanha* – De *arara* – ave, e *tanha* – bico. Serra mui fértil e cultivada, em continuação da de Maranguape.

6) *Guaiúba* – De *goaia* – vale, *y* – água, *jur* – vir, *be* – por onde: por onde vêm as águas do vale. Rio que nasce na serra da Aratanha e corta a povoação do mesmo nome a seis léguas da capital.

7) *Pacatuba* – De *paca* e *tuba*, leito ou couto das pacas. Recente, mas importante povoação, em um belo vale da serra da Aratanha.

8) *Âmbar* – As praias do Ceará eram nesse tempo abundantes de âmbar que o mar arrojava. Chamavam-lhe os indígenas *pira repoti* – esterco de peixe.

Capítulo XXIV

1) *Coatiá* – pintar. – A história menciona esse fato de Martim Soares Moreno se ter coatiado quando vivia entre os selvagens do Ceará.

2) *Coatiabo* – A desinência *abo* significa o objeto que sofreu a ação do verbo, e talvez provenha de *aba* – gente, criatura.

Capítulo XXV

1) *Colibri* – Desse letargo do colibri no inverno fala Simão de Vasconcelos.

2) *Carbeto* – Espécie de serão que faziam os índios à noite em uma cabana maior, onde todos se reuniam para conversar. Leia-se Ives d'Evreux, *Viagem ao Norte do Brasil*.

Capítulo XXVI

1) *Mecejana* – Lagoa e povoação a duas léguas da capital. O verbo cejar significa – abandonar; a desinência *ana* indica a pessoa que exercita a ação do verbo. *Cejana* significa o que abandona. Junta à partícula *mo* do verbo *monhang* – fazer, vem a palavra a significar o que fez abandonar ou que foi lugar e ocasião de abandonar.

2) *Monguba* – Árvore que dá um fruto cheio de cotão, semelhante ao da sumaúma, com a diferença de ser negro. Daí veio o nome de uma parte da serra de Maranguape, onde tem estabelecimento rural o tenente-coronel João Franklin de Alencar.

Capítulo XXVII

1) *Imbu* – Fruta da serra do Araripe que não tem no litoral. É saborosa e semelhante ao cajá.

2) *Jacarecanga* – Morro de areia na praia do Ceará afamado pela fonte de água fresca puríssima. Vem o nome de *jacaré* – crocodilo, e *acanga* – cabeça.

Capítulo XXVIII

1) *Japim* – Pássaro cor-de-ouro com encontros pretos e conhecido vulgarmente pelo nome de *sofrê*.

2) *Folha escura* – A murta, que os indígenas chamavam capixuna, de *caa* – rama, folhagem, e *pixuna* – escuro. Daí vem a figura de que usa Iracema para exprimir a tristeza que ela produz no esposo.

Capítulo XXIX

1) *Tupinambás* – Nação formidável, ramo primitivo da grande raça tupi. Depois de uma resistência heroica, não podendo expulsar os portugueses da Bahia, emigraram até o Maranhão, onde fizeram aliança com os franceses, que já então infestavam aquelas paragens. O nome que eles se davam significa – gente parente dos tupis, de *tupi – anama – aba*.

2) *Baía dos papagaios* – É a baía da Jericoacoara, de *jeru* – papagaio, *cua* – várzea, *coara* – buraco ou seio: enseada da várzea dos papagaios. É um dos bons portos do Ceará.

3) *Maracatim* – Grande barco que levava na proa – *tim* – um *maracá*. Aos barcos menores ou canoas chamavam *igara*, de *ig* – água, e *jara* – senhor; senhora d'água.

4) *Caiçara* – De *cai* – pau queimado e a desinência *çara*, cousa que tem, ou se faz; o que se faz de pau queimado. Era uma forte estacada de pau a pique.

Capítulo XXX

1) *Moacir* – Filho do sofrimento: de *moaci* – dor, e *ira* – desinência que significa – saído de.

2) *Faixa* – É o que chamam vulgarmente tipoia; rejeitou-se o termo próprio do texto, por andar degradado no estilo chulo.

3) *Chupou tua alma* – Criança em tupi é *pitanga*, de *piter* – chupar, e *anga* – alma; chupa alma. Seria porque as crianças atraem e deleitam aos que as

veem? Ou porque absorvem uma porção d'alma dos pais? Caubi fala nesse último sentido.

Capítulo XXXI

1) *Carimã* – Uma conhecida preparação de mandioca. *Caric* – corer, *mani* – mandioca: mandioca escorrida.

Capítulo XXXII

1) *Tauape* – Lugar do barro amarelo: de *tauá* e *ipé*. Fica no caminho de Maranguape.

2) *Piau* – Peixe que deu o nome ao Rio Piauí.

3) *Velha taba* – Tradução de *Tapui-tapera*. Assim chamava-se um dos estabelecimentos dos tupinambás no Maranhão.

4) *Itaoca* – Casa de pedra, fortaleza.

5) *Manacá* – Linda flor. Veja-se o que diz a respeito o Sr. Gonçalves Dias em seu dicionário.

6) *Cupim* – Inseto conhecido. O nome compõe-se de *co* – buraco, e *pim* – ferrão.

Capítulo XXXIII

1) *Albuquerque* – Jerônimo de Albuquerque, chefe da expedição ao Maranhão em 1612.

Carta ao Dr. Jaguaribe

Eis-me de novo, conforme o prometido.

Já leu o livro e as notas que o acompanham; conversemos pois.

Conversemos sem cerimônia, em toda familiaridade, como se cada um estivesse recostado em sua rede, ao vaivém do lânguido balanço, que convida à doce prática.

Se algum leitor curioso se puser à escuta, deixá-lo. Não havemos por isso de mudar o tom rasteiro da intimidade pela frase garrida das salas.

Sem mais.

Há de recordar-se você de uma noite que entrando em minha casa, quatro anos a esta parte, achou-me rabiscando um livro. Era isso em uma quadra importante, pois que uma nova legislatura, filha de nova lei, fazia sua primeira sessão; e o país tinha os olhos nela, de quem esperava iniciativa generosa para melhor situação.

Já estava eu meio descrido das cousas, e mais dos homens; e por isso buscava na literatura diversão à tristeza que me infundia o estado da pátria entorpecida pela indiferença. Cuidava eu porém que você, político de antiga e melhor têmpera, pouco se preocupava com as cousas literárias, não por menos preço, sim por vocação.

A conversa que tivemos então revelou meu engano; achei um cultor e amigo da literatura amena; e juntos lemos alguns trechos da obra, que tinha, e ainda não as perdeu, pretensões a um poema.

É, como viu e como então lhe esbocei a largos traços, uma heroide que tem por assunto as tradições dos indígenas brasileiros e seus costumes. Nunca me lembrara eu de dedicar-me a esse gênero de literatura, de que me abstive sempre, passados que foram os primeiros e fugaces arroubos da juventude. Suporta-se uma prosa medíocre, e estima-se pelo quilate da ideia; mas o verso medíocre é a pior triaga que se possa impingir ao pio leitor.

Cometi a imprudência quando escrevia algumas cartas sobre a Confederação dos Tamoios dizer: "As tradições dos indígenas dão matéria para um grande poema que talvez um dia alguém apresente sem ruído nem aparato, como modesto fruto de suas vigílias".

Tanto bastou para que supusessem que o escritor se referia a si, e tinha já o poema em mão; várias pessoas perguntaram-me por ele. Meteu-me isto em brios literários; sem calcular das forças mínimas para empresa tão grande, que assoberbou dois ilustres poetas, tracei o plano da obra, e a comecei com tal vigor que levei quase de um fôlego ao quarto canto.

Esse fôlego susteve-se cerca de cinco meses, mas amorteceu; e vou lhe confessar o motivo.

Desde cedo, quando começaram os primeiros pruridos literários, uma espécie de instinto me impelia a imaginação para a raça selvagem e indígena. Digo instinto, porque não tinha eu então estudos bastantes para apreciar devidamente a nacionalidade de uma literatura; era simples prazer que me deleitava na leitura das crônicas e memórias antigas.

Mais tarde, discernindo melhor as cousas, lia as produções que se publicavam sobre o tema indígena; não realizavam elas a poesia nacional, tal como me aparecia no estudo da vida selvagem dos autóctones brasileiros. Muitas pecavam pelo abuso dos termos indígenas acumulados uns sobre outros, o que não só quebrava a harmonia da língua portuguesa, como perturbava a inteligência do texto. Outras eram primorosas no estilo e ricas de belas imagens; porém certa rudez ingênua de pensamento e expressão, que devia ser a linguagem dos indígenas, não se encontrava ali.

Gonçalves Dias é o poeta nacional por excelência; ninguém lhe disputa na opulência da imaginação, no fino lavor do verso, no conhecimento da natureza brasileira e dos costumes selvagens. Em suas poesias americanas aproveitou muitas das mais lindas tradições dos indígenas; e em seu poema não concluído dos Timbiras, propôs-se a descrever a epopeia brasileira.

Entretanto, os selvagens de seu poema falam uma linguagem clássica, o que lhe foi censurado por outro poeta de grande estro, o Dr. Bernardo Guimarães; eles exprimem ideias próprias do homem civilizado, e que não é verossímil tivessem no estado da natureza.

Sem dúvida que o poeta brasileiro tem de traduzir em sua língua as ideias, embora rudes e grosseiras, dos índios; mas nessa tradução está a grande dificuldade; é preciso que a língua civilizada se molde quanto possa à singeleza primitiva da língua bárbara; e não represente as imagens e pensamentos indígenas senão por termos e frases que ao leitor pareçam naturais na boca do selvagem.

O conhecimento da língua indígena é o melhor critério para a nacionalidade da literatura. Ele nos dá não só o verdadeiro estilo, como as imagens poéticas do selvagem, os modos de seu pensamento, as tendências de seu espírito, e até as menores particularidades de sua vida.

É nessa fonte que deve beber o poeta brasileiro; é dela que há de sair o verdadeiro poema nacional, tal como eu o imagino.

Cometendo portanto o grande arrojo, aproveitei o ensejo de realizar as ideias que me vagueavam no espírito, e não eram ainda plano fixo; a reflexão consolidou-as e robusteceu.

Na parte escrita da obra foram elas vazadas em grande cópia. Se a investigação laboriosa das belezas nativas feita sobre imperfeitos e espúrios dicionários exauria o espírito, a satisfação de cultivar essas flores agrestes da poesia brasileira, deleitava. Um dia porém fatigado da constante e aturada meditação ou análise para descobrir a etimologia de algum vocábulo, assaltou-me um receio.

Todo este ímprobo trabalho que às vezes custava uma só palavra, me seria levado à conta? Saberiam que esse escrópulo d'ouro fino tinha sido desentranhado da profunda camada, onde dorme uma raça extinta? Ou pensariam que fora achado na superfície e trazido ao vento da fácil inspiração?

E sobre esse, logo outro receio.

A imagem ou pensamento com tanta fadiga esmerilhados seriam apreciados em seu justo valor pela maioria dos leitores? Não os julgariam inferiores a qualquer das imagens em voga, usadas na literatura moderna?

Ocorre-me um exemplo tirado deste livro. Guia, chamavam os indígenas, senhor do caminho, piguara. A beleza da expressão selvagem em sua tradução literal e etimológica me parece bem saliente. Não diziam sabedor do caminho, embora tivessem termo próprio, coaub, porque essa frase não exprimia a energia de seu pensamento. O caminho no estado selvagem não existe; não é cousa de saber. O caminho faz-se na ocasião da marcha através da floresta ou do campo, e em certa direção; aquele que o tem e o dá, é realmente senhor do caminho.

Não é bonito? Não está aí uma joia da poesia nacional?

Pois talvez haja quem prefira a expressão rei do caminho, embora os brasis não tivessem rei, nem ideia de tal instituição. Outros se inclinaram à palavra guia, como mais simples e natural em português, embora não corresponda ao pensamento do selvagem.

Ora, escrever um poema que devia alongar-se para correr o risco de não ser entendido, e quando entendido não apreciado, era para desanimar o mais robusto talento, quanto mais a minha mediocridade. Que fazer? Encher o livro de grifos que o tornariam mais confuso e de notas que ninguém lê? Publicar a obra parcialmente para que os entendidos proferissem o veredicto literário? Dar leitura dela a um círculo escolhido, que emitisse juízo ilustrado?

Todos estes meios tinham seu inconveniente, e todos foram repelidos: o primeiro afeava o livro; o segundo o truncava em pedaços; o terceiro não lhe aproveitaria pela cerimoniosa benevolência dos censores. O que pareceu melhor e mais acertado foi desviar o espírito dessa obra e dar-lhe novos rumos.

Mas não se abandona assim um livro começado, por pior que ele seja; aí nessas páginas cheias de rasuras e borrões dorme a larva do pensamento, que pode ser ninfa de asas douradas, se a inspiração fecundar o grosseiro casulo. Nas diversas pausas de suas preocupações o espírito volvia pois ao álbum, onde estão ainda incubados e estarão cerca de dois mil versos heroicos.

Conforme a benevolência ou severidade de minha consciência, às vezes os acho bonitos e dignos de verem a luz; outras me parecem vulgares, monótonos, e somenos a quanta prosa charra tenho eu estendido sobre o papel. Se o amor de pai abranda afinal esse rigor, não desvanece porém nunca o receio de "perder inutilmente meu tempo a fazer versos para caboclos".

Em um desses volveres do espírito à obra começada, lembrou-me da experiência *in anima* prosaica. O verso pela sua dignidade e nobreza não comporta certa flexibilidade de expressão que, entretanto, não vai mal à prosa a mais elevada. A elasticidade da frase permitiria então que se empregassem com mais clareza as imagens indígenas, de modo a não passarem desapercebidas. Por outro lado conhecer-se-ia o efeito que havia de ter o verso pelo efeito que tivesse a prosa.

O assunto para a experiência, de antemão estava achado. Quando em 1848 revi nossa terra natal, tive a ideia de aproveitar suas lendas e tradições em alguma obra literária. Já em S. Paulo tinha começado uma biografia do Camarão. A mocidade dele, a amizade heroica que o ligava a Soares Moreno, a bravura e lealdade de Jacaúna, aliado dos portugueses, e suas guerras contra o célebre Mel Redondo; aí estava o tema. Faltava-lhe o perfume que derrama sobre as paixões do homem a beleza da mulher.

Sabe você agora o outro motivo que eu tinha de lhe endereçar o livro; precisava dizer todas estas cousas, contar o como e por que escrevi Iracema. E com quem melhor conversaria sobre isso do que com uma testemunha de meu trabalho, a única, das poucas, que respira agora as auras cearenses?

Este livro é pois um ensaio ou antes amostra. Verá realizadas nele minhas ideias a respeito da literatura nacional; e achará aí poesia inteiramente brasileira, haurida na língua dos selvagens. A etimologia dos nomes das diversas localidades e certos modos de dizer tirados da composição das palavras são de cunho original.

Compreende você que não podia eu derramar em abundância essa riqueza no livrinho agora publicado, porque elas ficariam desfloradas na obra de maior vulto, a qual só teria a novidade da fábula. Entretanto há aí de sobra para dar matéria à crítica, e servir de base ao juízo dos entendidos.

Se o público ledor gostar dessa forma literária, que me parece ter algum atrativo e novidade, então se fará um esforço para levar ao cabo o começado poema, embora o verso pareça na época atual ter perdido sua influência e prestígio. Se porém o livro for acoimado de cediço e tedioso, ou se Iracema encontrar a usual indiferença, que vai acolhendo o bom e o mau com a mesma complacência, quando não é o silêncio desdenhoso e ingrato; então o autor se desenganará de mais esse gênero de literatura, como já se desenganou do teatro; e os versos como as comédias passarão para a gaveta dos papéis velhos, relíquias autobiográficas.

Depois de concluído o livro e quando o reli já apurado na estampa, conheci que me tinham escapado senões que poderia corrigir se não fosse a pressa com que o fiz editar: noto algum excesso de comparações, certa semelhança entre algumas imagens, e talvez desalinho no estilo dos últimos capítulos que desmerecem dos primeiros. Também me parece devia conservar aos nomes das localidades sua atual versão, embora corrompida.

Se a obra tiver segunda edição será escoimada destes e de outros defeitos que lhe descubram os entendidos.

Agosto 1865.

J. de Alencar

Pós-escritos à segunda edição de *Iracema*

José de Alencar: *Iracema*[27]

Machado de Assis

A escola poética, chamada escola americana, teve sempre adversários, o que não importa dizer que houvesse controvérsia pública. A discussão literária no nosso país é uma espécie de *steeple-chase*, que se organiza de quando em quando; fora disso a discussão trava-se no gabinete, na rua, e nas salas. Não passa daí. Nem nos parece que se deva chamar escola ao movimento que atraiu as musas nacionais para o tesouro das tradições indígenas. Escola ou não, a verdade é que muita gente viu na poesia americana uma aberração selvagem, uma distração sem graça, nem gravidade. Até certo ponto tinha razão: muitos poetas, entendendo mal a musa de Gonçalves Dias, e não podendo entrar no fundo do sentimento e das ideias, limitaram-se a tirar os seus elementos poéticos do vocabulário indígena; rimaram as palavras, e não passaram adiante; os adversários, assustados com a poesia desses tais, confundiram no mesmo desdém os

27. Publicado originalmente na "Semana Literária", seção do *Diário do Rio de Janeiro*, 23/01/1866.

criadores e os imitadores, e cuidaram desacreditar a ideia fulminando os intérpretes incapazes.

Erravam decerto: se a história e os costumes indianos inspiraram poetas como José Basílio, Gonçalves Dias, e Magalhães, é que se podia tirar dali criações originais, inspirações novas. Que importava a invasão da turbamulta? A poesia deixa de ser a misteriosa linguagem dos espíritos, só porque alguns maus rimadores foram assentar-se ao sopé do Parnaso? O mesmo se dá com a poesia americana. Havia também outro motivo para condená-la: supunham os críticos que a vida indígena seria, de futuro, a tela exclusiva da poesia brasileira, e nisso erravam também, pois não podia entrar na ideia dos criadores, obrigar a musa nacional a ir buscar todas as suas inspirações no estudo das crônicas e da língua primitiva. Esse estudo era um dos modos de exercer a poesia nacional; mas, fora dele, não está aí a própria natureza, opulenta, fulgurante, vivaz, atraindo os olhos dos poetas, e produzindo páginas como as de Porto Alegre e Bernardo Guimarães?

Felizmente, o tempo vai esclarecendo os ânimos; a poesia dos caboclos está completamente nobilitada; os rimadores de palavras já não podem conseguir o descrédito da ideia, que venceu com o autor de *I-Juca-Pirama*, e acaba de vencer com o autor de *Iracema*. É deste livro que vamos falar hoje aos nossos leitores.

As tradições indígenas encerram motivos para epopeias e para églogas; podem inspirar os seus Homeros e os seus Teócritos. Há aí lutas gigantescas, audazes capitães, ilíadas sepultadas no esquecimento; o amor, a amizade, os costumes domésticos tendo a simples natureza por teatro, oferecem à musa lírica páginas deliciosas de sentimento e de originalidade. A mesma pena que escreveu *I-Juca Pirama* traçou o lindo monólogo de "Marabá"; o aspecto do índio Kobé e a figura poética de Lindoia são filhos da mesma cabeça; as duas partes dos *Natchez* resumem do mesmo modo a dupla inspiração da fonte indígena. O poeta tem muito para escolher nessas ruínas já exploradas, mas não completamente conhecidas. O livro do Sr. José de Alencar, que é um poema em prosa, não é destinado a cantar lutas heroicas, nem cabos de guerra; se há aí algum episódio, nesse sentido, se alguma vez troa nos vales do Ceará a pocema da guerra, nem por isso o livro deixa de ser exclusivamente votado à história tocante de uma virgem indiana, dos seus amores e dos seus infortúnios. Estamos certos de que não falta ao autor de *Iracema* energia e vigor para a pintura dos vultos heroicos e das paixões guerreiras; lrapuã e Poti a esse respeito são irrepreensíveis; o poema de que o autor nos fala deve surgir à luz, e então veremos como a sua musa emboca a tuba épica; este livro, porém, limita-se a falar do sentimento, vê-se que não pretende sair fora do coração.

Estudando profundamente a língua e os costumes dos selvagens, obrigou-nos o autor a entrar mais ao fundo da poesia americana; entendia ele, e entendia bem, que a poesia americana não estava completamente achada; que era preciso prevenir-se contra um anacronismo moral, que consiste em dar ideias modernas e civilizadas aos filhos incultos da floresta. O intuito era acertado; não conhecemos a língua indígena; não podemos afirmar se o autor pôde realizar as suas promessas, no que respeita à linguagem da sociedade indiana, às suas ideias, às suas imagens; mas a verdade é que relemos atentamente o livro do Sr. José de Alencar, e o efeito que ele nos causa é exatamente o mesmo a que o autor entende que se deve destinar ao poeta americano; tudo ali nos parece primitivo; a ingenuidade dos sentimentos, o pitoresco da linguagem, tudo, até a parte narrativa do livro, que nem parece obra de um poeta moderno, mas uma história de bardo indígena, contada aos irmãos, à porta da cabana, aos últimos raios do sol que se entristece. A conclusão a tirar daqui é que o autor houve-se nisto com uma ciência e uma consciência, para as quais todos os louvores são poucos.

A fundação do Ceará, os amores de Iracema e Martim, o ódio de duas nações adversárias, eis o assunto do livro. Há um argumento histórico, sacado das crônicas, mas esse é apenas a tela que serve ao poeta; o resto é obra da imaginação. Sem perder de vista os dados colhidos nas velhas crônicas, criou o autor uma ação interessante, episódios originais, e mais que tudo, a figura bela e poética de Iracema. Apesar do valor histórico de alguns personagens, com Martim e Poti (o célebre Camarão, da guerra holandesa), a maior soma de interesse concentra-se na deliciosa filha de Araquém. A pena do cantor d'*O Guarani* é feliz nas criações femininas; as mulheres dos seus livros trazem sempre um cunho de originalidade, de delicadeza, e de graça, que se nos gravam logo na memória e no coração. Iracema é da mesma família. Em poucas palavras descreve o poeta a beleza física daquela Diana selvagem. Uma frase imaginosa e concisa, a um tempo, exprime tudo.

A beleza moral vem depois, com o andar dos sucessos: a filha do pajé, espécie de vestal indígena, vigia do segredo da jurema, é um complexo de graças e de paixão, de beleza e de sensibilidade, de casta reserva e de amorosa dedicação. Realça-lhe a beleza nativa a poderosa paixão do amor selvagem, do amor que procede da virgindade da natureza, participa da independência dos bosques, cresce na solidão, alenta-se do ar agreste da montanha.

Casta, reservada, na missão sagrada que lhe impõe a religião do seu país, nem por isso Iracema resiste à invasão de um sentimento novo para ela, e que transforma a vestal em mulher. Não resiste, nem indaga; desde que os olhos de Martim se trocaram com os seus, a moça curvou a cabeça àquela doce escravidão. Se o amante a abandonasse, a selvagem iria morrer de desgosto e de saudade, no fundo do bosque, mas não oporia ao volúvel mancebo nem uma súplica nem uma ameaça. Pronta a sacrificar-se por ele, não pediria a mínima compensação do sacrifício. Não pressente o leitor, através da nossa frase inculta e sensabor, uma criação profundamente verdadeira? Não se vê na figura de Iracema, uma perfeita combinação do sentimento humano com a educação selvagem? Eis o que é Iracema, criatura copiada da natureza, idealizada pela arte, mostrando através da rusticidade dos costumes, uma alma própria para amar e para sentir.

Iracema é tabajara; entre a sua nação e a nação potiguara há um ódio de séculos; Martim, aliado dos potiguaras, andando erradio, entra no seio dos tabajaras, onde é acolhido com a franqueza própria de uma sociedade primitiva; é estrangeiro, é sagrado; a hospitalidade selvagem é descrita pelo autor com cores simples e vivas.

O europeu abriga-se na cabana de Araquém, onde a solicitude de Iracema prepara-lhe algumas horas de folgada ventura.

O leitor vê despontar o amor de Iracema ao contacto do homem civilizado. Que simplicidade, e que interesse! Martim cede a pouco e pouco à influência invencível daquela amorosa solicitude. Um dia lembra-lhe a pátria e sente-se tomado de saudade: – "Uma noiva te espera?" pergunta Iracema.

O silêncio é a resposta do moço. A virgem não censura, nem suplica; dobra a cabeça sobre a espádua, diz o autor, como a tenra planta da carnaúba, quando a chuva peneira na várzea.

Desculpe o autor se desfolhamos por este modo a sua obra; não escolhemos belezas, onde as belezas sobram, trazemos ao papel estes traços que nos parecem caracterizar a sua heroína, e indicar ao leitor, ainda que remotamente, a beleza da filha de Araquém.

Heroína, dissemos, e o é decerto, naquela divina resignação. Uma noite, no seio da cabana, a virgem de Tupã torna-se esposa de Martim; cena delicadamente escrita, que o leitor adivinha, sem ver. Desde então Iracema dispôs de si; a sua sorte está ligada à de Martim; o ciúme de Irapuã e a presença de Poti, precipitam tudo; Poti e Martim devem partir para a terra dos potiguaras; Iracema os conduz, como uma companheira de viagem. A esposa de Martim abandona tudo, o lar a família, os irmãos, tudo para ir perecer ou ser feliz com o esposo. Não é o exílio, para ela o exílio seria ficar ausente do esposo, no meio dos seus. Todavia, essa resolução suprema custa-lhe sempre, não arrependimento, mas tristeza e vergonha, no dia em que após uma batalha entre as duas nações rivais, Iracema vê o chão coalhado de sangue dos seus irmãos. Se esse espetáculo não a comovesse, ia-se a simpatia que ela nos inspira; mas o autor teve em conta que era preciso interessá-la, pelo contraste da voz do sangue e da voz do coração.

Daí em diante a vida de Iracema é uma sucessão de delícias, até que uma circunstância fatal vem pôr termo aos seus jovens anos. A esposa de Martim concebe um filho. Que doce alegria não banha a fronte da jovem mãe! Iracema vai dar conta a Martim daquela boa-nova; há uma cena igual nos *Natchez*; seja-nos lícito compará-la à do poeta brasileiro.

"Quando Renê, diz o poeta dos *Natchez*, teve certeza de que Celuta trazia um filho no seio, acercou-se dela com santo respeito, e abraçou-a delicadamente para não machucá-la. "Esposa, disse ele, o céu abençoou as tuas entranhas."

A cena é bela, decerto; é Chateaubriand quem fala; mas a cena de Iracema aos nossos olhos é mais feliz. A selvagem cearense aparece aos olhos de Martim, adornada de flores de maniva, trava da mão dele, e diz-lhe:

– Teu sangue já vive no seio de Iracema. Ela será mãe de teu filho. – Filho, dizes tu? exclamou o cristão em júbilo. Ajoelhou ali, e cingindo-a com os braços, beijou o ventre fecundo da esposa.

Vê-se a beleza deste movimento, no meio da natureza viva, diante de uma filha da floresta. O autor conhece os segredos de despertar a nossa comoção por estes meios simples, naturais, e belos. Que melhor adoração queria a maternidade feliz, do que aquele beijo casto e eloquente? Mas tudo passa; Martim sente-se tomado de nostalgia; lembram-lhe os seus e a pátria; a selvagem do Ceará, como a selvagem da Luisiana, começa então a sentir a sua perdida felicidade. Nada mais tocante do que essa longa saudade, chorada no ermo, pela filha de Araquém, mãe desgraçada, esposa infeliz que viu um dia partir o esposo, e só chegou a vê-lo de novo, quando a morte já voltava para ela os seus olhos lânguidos e tristes.

Poucas são as personagens que compõem este drama da solidão, mas os sentimentos que as movem, a ação que se desenvolve entre elas, é cheia de vida, de interesse, e de verdade.

Araquém é a solenidade da velhice contrastando com a beleza agreste de Iracema: um patriarca do deserto, ensinando aos moços os conselhos da prudência e da sabedoria. Quando Irapuã, ardendo em ciúme pela filha do pajé, faz romper os seus ódios contra os potiguaras, cujo aliado era Martim, Araquém opõe-lhe a serenidade da palavra, a calma da razão. Irapuã e os episódios da guerra fazem destaque no meio do quadro sentimental que é o fundo do livro; são capítulos traçados com muito vigor, o que dá novo realce ao robusto talento do poeta.

Irapuã é o ciúme e o valor marcial; Araquém a austera sabedoria dos anos; Iracema o amor. No meio destes caracteres distintos e animados, a amizade é simbolizada em Poti. Entre os indígenas a amizade não era este sentimento, que à força de civilizar-se, tornou-se raro; nascia da simpatia das almas, avivava-se com o perigo, repousava na abnegação recíproca; Poti e Martim, são os dois amigos da lenda, votados à mútua estima e ao mútuo sacrifício.

A aliança os uniu; o contacto fundiu-lhes as almas; todavia, a afeição de Poti difere da de Martim, como o estado selvagem do estado civilizado; sem deixarem de ser igualmente amigos, há em cada um deles um traço característico que corresponde à origem de ambos; a afeição de Poti tem a expressão ingênua, franca, decidida; Martim não sabe ter aquela simplicidade selvagem.

Martim e Poti sobrevivem à catástrofe de Iracema, depois de enterrá-la ao pé de um coqueiro; o pai desventurado toma o filho órfão de mãe, e arreda-se da praia cearense. Umedecem-se os olhos ante este desenlace triste e doloroso, e fecha-se o livro, dominado ainda por uma profunda impressão.

Contar todos os episódios desta lenda interessante seria tentar um resumo impossível; basta-nos afirmar que os há, em grande número, traçados por mão hábil, e todos ligados ao assunto principal. O mesmo diremos de alguns personagens secundários, como Caubi e Andira, um, jovem guerreiro, outro, guerreiro ancião, modelados pelo mesmo padrão a que devemos Poti e Araquém.

O estilo do livro e como a linguagem daqueles povos: imagens e ideias, agrestes e pitorescas, respirando ainda as auras da montanha, cintilam nas cento e cinquenta páginas de *Iracema*. Há, sem dúvida, superabundância de imagens, e o autor com uma rara consciência literária, é o primeiro a reconhecer esse defeito. O autor emendará, sem dúvida a obra, empregando neste ponto uma conveniente sobriedade. O excesso, porém, se pede a revisão da obra, prova em favor da poesia americana, confirmando ao mesmo tempo o talento original e fecundo do autor. Do valor das imagens e das comparações, só se pode julgar lendo o livro, e para ele enviamos os leitores estudiosos.

Tal é o livro do Sr. José de Alencar, fruto do estudo, e da meditação, escrito com sentimento e consciência. Quem o ler uma vez, voltará muitas mais a ele, para ouvir em linguagem animada e sentida, a história melancólica da virgem dos lábios de mel. Há de viver este livro, tem em si as forças que resistem ao tempo, e dão plena fiança do futuro. É também um modelo para o cultivo da poesia americana, que, mercê de Deus há de avigorar-se com obras de tão superior quilate. Que o autor de *Iracema* não esmoreça, mesmo a despeito da indiferença pública; o seu nome literário escreve-se hoje com letras cintilantes: *Mãe*, *O Guarani*, *Diva*, *Lucíola*, e tantas outras; o Brasil tem o direito de pedir-lhe que *Iracema* não seja o ponto-final. Espera-se dele outros poemas em prosa. Poema lhe chamamos a este, sem curar de saber se é antes uma lenda, se um romance: o futuro chamar-lhe-á obra-prima.

Inovação na gramática portuguesa: resposta ao Sr. Pinheiro Chagas

José de Alencar

Minhas opiniões em matéria de gramática têm-me valido a reputação de inovador, quando não é a pecha de escritor incorreto e descuidado.

Entretanto poucos a darão mais, senão tanta importância à forma do que eu; pois entendo que o estilo é também uma arte plástica, porventura muito superior a qualquer das outras destinadas à revelação do belo. Como se explica, portanto, essa contradição?

Pretendo tratar largamente desse assunto em uma pequena obra que tenho entre as mãos, e na qual me propus a fazer um estudo sobre a índole da língua portuguesa, seu desenvolvimento e futuro; considerando especialmente a tão cansada questão do estilo clássico.

Sou obrigado, porém, a antecipar algumas reflexões como resposta ao artigo, que em seus *Novos ensaios críticos*, escreveu sobre *Iracema* um distinto literato português, o Sr. Pinheiro Chagas[28].

Vale a pena ser advertido por crítico tão ilustrado, quando a censura, como a sombra que destaca no quadro o vivo e fino colorido, não passa de um relevo imerecido a elogios dispensados com excessiva generosidade. A questão vai, portanto extreme de qualquer assomo da vaidade, que estaria por demais satisfeita com as finezas recebidas. Eis as palavras do artigo a que me refiro:

"Não, esse não é o defeito que me parece dever notar-se na Iracema; o defeito que eu vejo em todos os livros brasileiros e contra o qual não cessarei de bra-

28. Manuel Joaquim Pinheiro Chagas (1842-1895) foi poeta, professor universitário de Letras, jornalista e político português. Figura de grande prestígio em sua época, especialmente pela defesa dos valores clássicos.

dar intrepidamente é a falta de correção na linguagem portuguesa, ou antes a mania de tornar o brasileiro uma língua diferente do velho português por meio de neologismos arrojados e injustificáveis e de insubordinações gramaticais, que (tenham cautela) chegarão a ser risíveis se quiserem tomar as proporções duma insurreição em regra contra a tirania de Lobato".

Continua o escritor no desenvolvimento dessas ideias pela maneira por que melhor se pode ver em sua obra; escusando-me de reproduzir todo o texto para não alongar-me.

Na opinião do Sr. Pinheiro Chagas, a gramática é um padrão inalterável, a que o escritor se há de submeter rigorosamente. Só o povo tem a força de transformar uma língua, modificar sua índole, criar novas formas de dizer. Apoiado na opinião de Max Muller[29], o ilustrado crítico sustenta que a filologia é uma ciência natural ou física, regida por leis invariáveis como a rotação dos astros. Singular doutrina que ninguém se animou a produzir, nem mesmo a respeito das artes liberais, manifestações menos inteligentes do pensamento. A música, a pintura e a escultura, que falam exclusivamente aos sentidos, por sua natureza material, sofrem não obstante a impulsão do espírito. Beethoven ou Rossini, Fídias ou Rafael, Praxiteles ou Michelangelo, qualquer dessas individualidades, sem falar de tantas outras, teve o poder de criar uma escola, de abrir novos horizontes a sua arte, de revelar formas antes desconhecidas.

---

29. Max Müller (1823-1900) foi professor (filólogo e germanista) na Universidade de Oxford e membro correspondente do Instituto de França.

A linguagem, porém, a única das artes que fala ao espírito, é um marco imutável, sobre o qual nenhuma ação têm os escritores, esses obreiros da palavra, que a nova teoria reduz à condição dos mecânicos, mais ou menos destros no manejo de um instrumento bruto! Suponho eu que há grande equivocação na interpretação dada à teoria de Max Muller; o corpo de uma língua, a sua substância material que se compõe de sons e vozes peculiares, esta, só a pode modificar a soberania do povo, que nesses assuntos legisla diretamente pelo uso. Entretanto, mesmo nesta parte física é infalível a influência dos bons escritores; eles talham e pulem o grosseiro dialeto do vulgo, como o escultor cinzela o rudo troço de mármore e dele extrai o fino lavor.

Mas além dessa parte fonética da língua, que forma seu corpo, há a parte lógica, o seu espírito, ou, para usar da terminologia da ciência, a gramática. Essa não é, como se pretende, mera rotina ou usança confiada à ignorância do vulgo, que somente a pode alterar. Aqui está o ponto falso da teoria invocada. A gramática, ou a filosofia da palavra, é incontestavelmente uma ciência. Como todas as ciências, ela deve ter em cada raça e em cada povo um período rudimentário; ainda mesmo depois de largo desenvolvimento, existirá algum ramo de conhecimentos humanos que não esteja imbuído de falsas noções, e até de erros crassos?

O mesmo sucede com a gramática; saída da infância do povo, rude e incoerente, são os escritores que a vão corrigindo e limando. Cotejem-se as regras atuais das línguas modernas com as regras que predominavam no período da formação dessas línguas, e se conhecerá a transformação dessas línguas, e se conhecerá a transformação por que passaram todas sob a ação dos poetas e prosadores.

O ilustrado crítico, levado pela força da verdade, reconhece "que os sábios enriquecem um idioma". Ora, como enriquecê-lo senão aumentando-lhe o cabedal, dotando-o de outros vocábulos mais expressivos, e de locuções elegantes e sonoras?

Não me alongarei muito sobre a síntese da questão, porque receio me falte espaço para descer à análise.

Acusa-nos o Sr. Pinheiro Chagas a nós escritores brasileiros do crime de insurreição contra a gramática da nossa língua comum. Em sua opinião estamos possuídos da mania de tornar o brasileiro uma língua diferente do velho português!

Que a tendência, não para a formação de uma nova língua, mas para a transformação profunda do idioma de Portugal, existe no Brasil, é fato incontestável. Mas, em vez de atribuir-nos a nós escritores essa revolução filológica, devia o Sr. Pinheiro Chagas, para ser coerente com sua teoria, buscar o gérmen dela e seu fomento no espírito popular; no falar do povo, esse "ignorante sublime", como lhe chamou.

A revolução é irresistível e fatal, como a que transformou o persa em grego e céltico, o etrusco em latim, e o romano em francês, italiano etc.; há de ser larga e profunda, como a imensidade dos mares que separa os dois mundos a que pertencemos.

Quando povos de uma raça habitam a mesma região, a independência política, por si só, forma sua individualidade. Mas se esses povos vivem em continentes distintos, sob climas diferentes, não se rompem unicamente os vínculos políticos; opera-se também a separação nas ideias, nos sentimentos, nos costumes, e portanto na língua, que é a expressão desses fatos morais e sociais.

Não fazemos senão repetir o que disse e provou um sábio filólogo N. Webster[30]: – "Logo depois que duas raças de homens de estirpe comum separam-se e se colocam em regiões distantes, a linguagem de cada uma começa a divergir por vários modos". Dicc. ingl. *Introdução sobre a origem das línguas.*

Creio que o Sr. Pinheiro Chagas se engana completamente quando pretende que o inglês e o espanhol da América é o mesmo inglês e o espanhol da Europa. Não só na pronúncia, como no mecanismo da língua, já se nota diferença, que no futuro se tornará mais saliente.

E como podia ser de outra forma, quando o americano se acha no seio de uma natureza virgem e opulenta, sujeito a impressões novas ainda não traduzidas em outra língua, em face de magnificências para as quais não há ainda verbo humano?

Cumpre não esquecer que o filho do novo mundo recebe as tradições das raças indígenas, e vive ao contato de quase todas as raças civilizadas que aportam a suas plagas trazidas pela imigração. Em Portugal o estrangeiro perdido no meio de uma população con-

---

30. Noah Webster (1758-1843) foi um lexicógrafo americano, que tinha intenção de padronizar a ortografia e a gramática da língua inglesa. Autor do *Grammatical Institute of the English Language* e do *American Dictionary of the English Language*, principais referências para questões de ortografia na América inglesa.

densada, pouca influência exerce sobre os costumes do povo: no Brasil, ao contrário, o estrangeiro é um veículo de novas ideias e um elemento da civilização nacional.

Os operários da transformação das nossas línguas são esses representantes de tantas raças, desde a saxônia até a africana, que fazem neste solo exuberante amálgama do sangue, das tradições e das línguas.

Não admira que um literato português note em livros brasileiros certa dissonância com o velho idioma quinhentista. Essa mesma dissonância achamos nós escritores brasileiros nas páginas do Calabar e dos Bandeirantes, em que o ilustre poeta, o Sr. Mendes Leal[31], procurou descrever as cenas e tradições americanas. O velho estilo clássico destoa no meio destas florestas seculares, destas catadupas formidáveis, destes prodígios de uma natureza virgem, que não podem sentir nem descrever as musas gentis do Tejo ou do Mondego.

Os livros do Sr. Mendes Leal não passam para nós de traduções esmeradas de Cooper[32], com substituição de nomes geográficos. Seus personagens nada têm de brasileiros; que faltam-lhes não só os costumes, como esses idiotismos indígenas, que o Sr. Pinheiro Chagas chama de incorreções, negando-nos

---

31. José da Silva Mendes Leal (1820-1886) foi político e escritor português, ligado à tradição do ultrarromantismo lusitano. Trabalhou muitos anos como diretor da Biblioteca Nacional de Lisboa.

32. James Fenimore Cooper (1789-1851) foi um escritor norte--americano de grande renome dentro e fora do seu país, ligado à tradição romântica. Escreveu *O último dos moicanos*.

assim o direito de criar uma individualidade nossa, uma individualidade jovem e robusta, muito distinta da velha e gloriosa individualidade portuguesa.

Se a transformação por que o português está passando no Brasil importa uma decadência, como pretende o Sr. Pinheiro Chagas, ou se importa, como eu penso, uma elaboração para a sua florescência, questão é que o futuro decidirá e que eu me proponho tratar largamente na obra a que já aludi. Sempre direi que será uma aberração de todas as leis morais, que a pujante civilização brasileira, com todos os elementos de força e grandeza, não aperfeiçoasse o instrumento das ideias, a língua.

Todos os povos de gênio musical possuem uma língua sonora e abundante. O Brasil está nestas condições; a influência nacional já se faz sentir na pronúncia muito mais suave de nosso dialeto.

Aproveitarei o ensejo para defender-me de alguns neologismos de termos e locuções, pelos quais tenho sido censurado; a eles sem dúvidas se referiu o Sr. Pinheiro Chagas, quando me qualificou de inovador, embora não me compreendesse entre os mais audazes.

Nesta, como em todas as minhas obras recentes, se deve notar certa parcimônia no emprego do artigo definido, que eu só uso quando rigorosamente exigido pela clareza ou elegância do discurso. Isto que nada mais é do que uma reação contra o abuso dos escritores portugueses, que empregam aquela partícula sem tom nem som, me tem valido censuras de incorreto.

Há quem tache essa sobriedade no uso do artigo definido de galicismo, não se lembrando que o latim, donde provém nossa língua, não tinha aquela partícula, e, portanto, a omissão dela no estilo é antes um latinismo. Mas a mania do classismo, que outro nome não lhe cabe, repele a mínima afinidade entre duas línguas irmãs, saídas da mesma origem. Temos nós a culpa do ódio que semearam em Portugal os exércitos de Napoleão?

O mais interessante, porém, é a maneira de argumentar dos puristas. Às vezes, quando se trata de uma nova palavra ou locução, repelem-na pela razão peremptória de não se encontrar nos clássicos. Outras vezes, intrometem-se a criticar dos clássicos, determinando o que se deve imitar e o que evitar. Manifesta contradição: ou prevalece a respeito do estilo a razão de autoridade, e neste caso eles são os mestres, respeitai-os, ou prevalece a autoridade da razão, e nesse caso a questão é de opinião: à vossa contraponho a minha.

Os nossos melhores clássicos com muita elegância omitiram o artigo definido sempre que o pronome possessivo o tornava escusado; assim diziam eles meu filho, minha pátria, sua alma; e não o meu filho etc. Com que se hão de sair os puristas? Que o uso cheira a francesismo e deve-se evitar.

O que se deve e com muito cuidado evitar é a incorreção gramatical, o pleonasmo contínuo que há no emprego do artigo, por uma espécie de abuso ou lapso de língua. Dá-se neste caso o mesmo que em grande número de verbos a que o vulgo juntou a letra a pela facilidade de sua pronúncia, como alevantar, amontoar, acostumar etc. Da mesma forma escapa o artigo, que entretanto afeia e desalinha o discurso.

O uso do artigo, mesmo antes do pronome possessivo, pode tornar-se elegante e expressivo, servindo para indicar um objeto ao qual se faz uma alusão remota. Assim quando dizemos o nosso viajante, isto é, o viajante de quem falamos. Também em muitos casos a eufonia exige a interposição dessa partícula supérflua para suavizar um som áspero, ou desvanecer uma cacofonia.

Outro artigo do libelo. A omissão do pronome se nos verbos reflexivos, como recolher, enroscar, destacar etc.

Antes de tudo, cumpre-me dizer que recolher na significação neutra por mim empregada encontra-se nos bons clássicos e especialmente em J. de Barros[33] – *Clarimundo*.

Em minha opinião, a principal condição do estilo é sua concisão e simplicidade: o que não exclui, antes realça-lhe a graça ou elegância, a grandeza ou majestade. O grande número de monossílabos derramados pelo discurso ecoando com uma mesma consonância, em meu conceito torna o estilo frouxo e monótono. Escrevendo, muitas vezes senti a importunação desse reflexivo se, que zune em torno da frase como uma vespa teimosa.

Procurei o remédio na gramática e o achei. A forma neutra do verbo não é outra cousa senão o retraimento da ação que ele exprime, a qual não passa do sujeito: razão por que dão os gramáticos a esses verbos o nome de intransitivos, com que os diferen-

---

33. João de Barros (1496-1570) é considerado o primeiro gramático da língua portuguesa, com extensa e influente obra de historiografia, gramática e filologia. Publicou: *Crônica do Imperador Clarimundo* (1522) e *Gramática da Língua Portuguesa* (1540).

çam dos ativos. Destes verbos há uns que são de sua essência neutros, outros se tornam tais por uma elipse muito elegante quando usada a propósito.

Os primeiros, originalmente neutros, têm por atributo o substantivo implícito no próprio verbo, como viver, dormir, sair.

Algumas vezes ativando-os se diz com propriedade viver longa vida, correr seu curso. Os segundos, verbos figuradamente neutros, têm um atributo distinto, embora vago, incerto e oculto. Por exemplo: eu amo, tu bebes, ele quebra; o atributo alguém ou alguma cousa está subentendido.

Certos verbos desta última classe, cuja significação revela uma relação íntima do atributo oculto com o sujeito, tornam-se naturalmente reflexivos. Assim sucedia no latim, como atesta Madvig[34] na cit. *Gramática*, nota 4 ao § 222: "Certos verbos despojam em alguns casos a significação transitiva e se empregam na ativa com a significação reflexa por ex.: *duro*, eu me endureço; *inclino*, eu me inclino; *insinuo*, eu me insinuo; *muto*, eu me transformo; *remito*, eu me relaxo; *verto*, eu me volto".

Será isto acaso um neologismo, ou, ao contrário um arcaísmo? E como arcaísmo, correrá ele unicamente por conta do autor de *Iracema*, e não haverá exemplo de semelhante elipse no português clássico?

Vejamos. Qual a forma do verbo tão usado em proposições como estas – *partiu do Ceará, partimos*

---

34. Johan Nicolai Madvig foi professor da Universidade de Copenhague (Dinamarca). Publicou a sua *Gramática Latina* em 1850.

para o campo? Não é outra senão a forma elíptica da significação reflexa. Partir, em sua forma primitiva, significa dividir uma cousa em partes; para exprimir a ausência diziam a princípio os clássicos – *parti-me de*, posteriormente eliminaram o pronome por escusado; o mesmo aconteceu com *passar*, *recolher*, *alimpar*, *parar*, *endurecer*, *mudar*, *remitir*, *conformar*, *confiar* etc.

Será esta imitação dos clássicos, esta simplicidade latina da frase, que o Sr. Pinheiro Chagas e outros censores meus chamam corrupção do velho português? Não pode haver linguagem de bom cunho sem a repetição monótona dessas partículas reflexivas, que sibilam no fim de cada verbo?

É também matéria de escândalo a colocação dos pronomes pessoais que servem de complemento ao verbo, *me*, *te*, *lhe* e *se*. Entendem que nós os brasileiros afrancesamos o discurso, fazendo em geral preceder o pronome, quando em português de bom cunho a regra é pospor o pronome.

Tal regra não passa de arbítrio que sem fundamento algum se arrogam certos gramáticos. Pelo mecanismo primitivo da língua, como pela melhor lição dos bons escritores, a regra a respeito da colocação do pronome e de todas as partes da oração é a clareza e elegância, eufonia e fidelidade na reprodução do pensamento.

Em latim coloca-se ao gosto do escritor e segundo aquela regra. Eis o que a respeito diz mui judiciosamente o Senhor Leoni[35] em sua erudita obra *Gênio*

35. Trata-se de Francisco Evaristo Leoni (1804-1874); o livro *Gênio da Língua Portuguesa* foi publicado em 1858.

da Língua Portuguesa: "As variações dos pronomes eu, tu e ele admitem uma colocação que debalde pretenderá imitar a língua francesa, sendo tal colocação quase a mesma da língua de Cícero. Assim podemos dizer com os latinos – *juvat me*, ou *me juvat*; *te rogo* ou *rogo te*".

Nos clássicos achamos exemplos dessas variedades:

Na *Crônica do Condestável* lê-se *nos arrasta* e logo depois *morriam-nos*, *se obrigam* e *acendeu-se* etc. Em Garcia de Resende *se reunir*, e *achando-se*. Em Vieira *se prezava* e *resolve-se* etc. Em Barros, *Clarim*, 3, 258, *me ofereço*, *se aventurar*, *lhe dizer*, *ir-me* etc. *Lucena*, II, p. 18, *se façam*, *dão-se* etc.

Há casos em que a eufonia pede a anteposição do pronome, como se recolhem só para evitar o sibilo desagradável de se só. Outras vezes não é a cacofonia, mas o acento tônico que determina a colocação da partícula, conforme o ritmo da frase exige o repouso antes ou depois. Nesta frase, por exemplo: *Tu não me sabes querer*, o pronome não só antepõe-se ao infinitivo de que é complemento como ao indicativo: o rigor da ordem gramatical exigiria *tu não sabes querer-me*, mas a frase não seria tão cadente e expressiva.

Falta-me tratar de algumas palavras que os puristas repelem, por terem a mácula de francesismo.

Antes de tudo uma observação. Desde que uma palavra for introduzida na língua por iniciativa de um escritor ou pelo uso geral, entendo eu que torna-se nacional como qualquer outra e sujeita-se a todas as modalidades do idioma que a adotou; portanto, pode ela, como qualquer vocábulo originário, ser empregada nos vários sentidos figurados a que se preste com propriedade e elegância.

Regra tão simples e natural não devia sofrer contestação; entretanto, é um dos maus vezos do classismo esse de excluir de um vocábulo de origem estrangeira adotado no português todas as acepções que não foram especialmente empregadas pelos clássicos, mutilando assim a significação da palavra. Admira que um escritor da capacidade de Fr. Francisco de S. Luís[36] sustente semelhante doutrina, de todo o ponto arbitrária. Em sua opinião não devíamos dizer por exemplo *contar com alguém*, *contar com a amizade*, porque são acepções francesas, embora o verbo esteja admitido no sentido próprio. Da mesma forma *avançar* no sentido de aventurar, *calcular* por gizar, *chocar* por impressionar, *comprometer* em vez de pôr em risco, *confinar-se* por isolar-se, *descoberta* por descobrimento, *desolado* por magoado.

Parece que esta regra só pode ser aceita em dois casos: 1º) Quando a nova acepção é um idiotismo da língua estrangeira e se afasta do sentido usual da palavra, como *tratamento do emprego* por estipêndio; 2º) Quando a palavra só foi adotada em uma acepção peculiar, como verdadeiro idiotismo; exemplo: *endossar a letra*. Seria com efeito inadmissível ampliar o uso do

---

36. Dom Frei Francisco de São Luís Saraiva (1766-1845) foi o oitavo Patriarca de Lisboa, também conhecido como Cardeal Saraiva. Foi um grande filólogo com uma obra extensa, da qual destacamos os prováveis títulos aludidos por José de Alencar: *Glossário das palavras e frases em língua francesa que se tem introduzido na locução moderna portuguesa* (1815) e *Ensaio sobre alguns sinônimos da língua portuguesa* (1821).

vocábulo e aplicá-lo em outro sentido, como endossar a casaca, da frase francesa *endosser l'habit*.

Se, porém, a palavra foi adotada em sua significação genérica e a nova acepção decorre naturalmente do sentido original e conforme com a índole da língua, não há razão para repeti-la. Por que não se dirá em português *comprometer seu crédito*, se esse verbo foi adotado em nossa língua com o sentido lato de contrair obrigação e responsabilidade?

No texto de *Iracema* se encontram algumas palavras que naturalmente incorrerão nessa censura; recordo-me de *brusco* e *flanco*.

Brusco, diz Fr. Francisco de S. Luís que em português exprime *escuro*, *anuviado*, e não *desabrido* ou *áspero*. Me parece, com o respeito devido a tão grande autoridade, que houve engano nessa asserção. A primitiva significação de brusco é áspero, coberto de puas; daí proveio naturalmente a outra acepção de escuro, turvo. Disseram *tempo brusco*, da mesma forma que diziam *tempo ríspido*, *desabrido*; posteriormente por uma operação muito natural no desenvolvimento das línguas transportaram essa ideia associada para uma nova acepção figurada e disseram *semblante brusco*, isto é, semblante que tem o aspecto do tempo brusco.

Quanto à palavra *flanco*, usei dela para designar a ilharga, porque em minha opinião não temos vocábulo que exprima a ideia com tanta propriedade e energia. *Ilharga* é muito restrito, refere-se ao quadril; *lado* é muito genérico, aplica-se a toda a face oblíqua de qualquer objeto. O flanco é o lado do homem, ou do animal; nesta acepção foi adotado do alemão *flan-*

ke pelo italiano, espanhol e francês. Tratando-se de guerreiros, essa palavra ainda mais adequada me pareceu pelo seu uso na arte da estratégia.

Abandonar, que muitos consideram galicismo, nem é como tal apontado por Fr. Francisco de São Luís, nem provém de origem francesa. Deriva-se do latim bárbaro *bannum* exílio, donde formou-se a *bannodonare*, que deu origem ao verbo italiano *abbandonare*.

Emoção pretende o autor do glossário que é galicismo escusado, porque temos *comoção*. Mas entendo eu que não se pode chamar galicismo uma palavra de boa origem latina; além de que, há diferença no sentido. *Comoção* é o abalo íntimo; *emoção* é o abalo que se manifesta; a primeira produzida por causa externa; a segunda parece antes uma expansão, que desenvolve espontaneamente. Porque a antiga literatura francesa mais adiantada e polida do que foi a portuguesa pediu ao latim esse termo, estamos nós escritores brasileiros inibidos de beber nas origens de nosso idioma um vocábulo eufônico, elegante e necessário para indicar uma ideia que não traduzem *comoção*, *turbação*, *agitação*, *alteração* ou *abalo*?

Se o terror pânico do galicismo vai até este ponto, devemos começar renegando a origem latina, por ser comum ao francês e ao português.

Defendi as inovações que me ocorreram de momento; outras porventura terão escapado, de que me ocuparei quando a crítica as apontar, como deve. Nada há mais fácil do que censurar a esmo, declarando peremptoriamente que um livro está cheio de incorreções. Invertem-se os papéis; o ônus da prova e da análise recai sobre o autor arguido que deseja arredar de si a pecha.

Uma defesa a respeito do que chamam estilo terso: Defesa de uma censura do Sr. Dr. Henrique Leal

José de Alencar

Publicou ultimamente em Portugal um distinto literato maranhense, o Dr. Henriques Leal, alguns artigos sobre a literatura brasileira.

Um escritor português, ou para estimular a curiosidade com um paradoxo literário, ou para disfarçar o desgosto de ver a jovem nacionalidade brasileira destacar-se de mais em mais do velho tipo lusitano, contestou que os portugueses da América possuíssem uma literatura peculiar ou elementos para formá-la. Foi para refutação de tão infundado asserto que saíram a lume os aludidos artigos.

Entre as cousas mui amáveis e lisonjeiras que o amor da pátria, mais do que o mérito do escritor, inspirou ao Dr. Henriques Leal sob minhas obras, reproduz-se a cansada censura do *estilo frouxo e desleixado*, especialmente a propósito do *Guarani*.

No conceito do distinto literato, os nervos do estilo são partículas, especialmente as conjunções, que teciam a frase dos autores clássicos, e serviam de elos à longa série de orações amontoadas em um só período.

Para meu gosto, porém, em vez de robustecer o estilo e dar-lhe vigor, essa acumulação de orações ligadas entre si por conjunções relaxa frase, tornando o pensamento difuso e lânguido.

As transições constantes, a repetição próxima das partículas que servem de atilhos, o torneio regular das orações a sucederem-se umas às outras pela mesma forma, imprimem em geral ao chamado estilo clássico certo caráter pesado, monótono, e prolixo, que tem sua beleza histórica, sem dúvida, mas está bem longe de prestar-se ao perfeito colorido da ideia. Há energias do pensamento e cintilações do espírito, que é impossível exprimir com semelhante estilo.

Atenda-se a este trecho de um dos melhores prosadores portugueses, Fr. Luís de Sousa:

> Era uma árvore de tão desmesurada grandeza, *que* dentro no tronco, *que* da muita antiguidade tinha aberto *e oco* se armou uma mesa, *e* o arcebispo se assentou a ela em uma cadeira, *e* por memória no mesmo sítio e assento visitou a freguesia, e tinha também lugar dentro a testemunha *que* vinha dizer seu dito.

Aí estão oito orações, ligadas por dois relativos e seis copulativas, sem nenhuma elegância e com pouco respeito à gramática. O emprego de copulativa para unir ideias distintas e orações completas é um abuso, e somente serve de obscurecer o sentido da frase. Em meu conceito esse período ficaria muito mais conciso, terso e elegante se o autor o escrevesse com maior simplicidade:

> Era uma árvore de tão desmesurada grandeza, que dentro no tronco da muita antiguidade aberto e oco, armou-se uma mesa; a ela assentou-se o arcebispo em uma cadeira,

> onde por memória visitou a freguesia, havendo aí lugar também para a testemunha que vinha dizer seu dito.

Aí está o mesmo pensamento, suprimidas apenas as superfluidades devidas ao descuido da frase e mecanismo inconveniente das orações. De oito orações ficaram seis, e estas em vez de serem uniformemente unidas pelo relativo ou pela copulativa como eram as oito, ao contrário, têm todas um vínculo diverso. A segunda une-se pela copulativa *que*, a terceira pelo pronome regido de preposição *a ela*, a quarta pelo advérbio de lugar *onde*, a quinta pelo particípio *havendo*, a sexta pelo relativo *que*.

Se há mais elegância e beleza nessa arte de variar o torneio das frases, se a simplicidade da dicção não a torna mais flexível para moldar-se a todos os relevos do pensamento, decidam os homens de gosto.

Apresentei um trecho de prosa clássica vestido à moderna, e para que melhor se destaque a diferença dos dois estilos, mostrarei ao inverso um trecho moderno, trajado à antiga. Escolho de preferência um fragmento do *Guarani,* por ser o livro censurado de frouxo no estilo.

> A tarde ia morrendo.
>
> O sol declinava no horizonte se deitando sobre as grandes florestas, que iluminava com seus últimos raios.
>
> A luz frouxa e suave do ocaso, deslizando pela verde alcatifa, enrolava-se em ondas de púrpura e ouro sobre a folhagem das árvores.
>
> Os espinheiros silvestres desatavam as flores alvas e delicadas, e o uricuri abria as tenras palmas para receber no cálice o orvalho da noite etc.

Nesta descrição da hora de Ave-Maria no deserto, destacam-se logo à primeira vista os traços largos do painel: lá o ocaso do sol; além a flutuação da luz; aquém, já na sombra, as flores noturnas, que se abrem. A mesma separação dos períodos denota a sucessão e contraste dessas impressões várias. Vestido à moda clássica, tudo isto desapareceria:

> E porque ia a tarde morrendo e o sol declinava no horizonte deitava-se sobre as grandes florestas que iluminavam seus últimos raios, luz frouxa e suave do ocaso, que deslizava pela verde alcatifa, parecia que formava ondas de púrpura e ouro sobre a folhagem das árvores; e ao ponto que desatavam os pinheiros silvestres as suas flores alvas e delicadas, abria o ouricuri as tenras palmas, para que recebesse no seu cálice o orvalho da noite.

Chamem outros estilo terso este que para mim é ao contrário uma locução flácida e lânguida, pois, à força de atilhos, mistura ideias distintas, escurece o pensamento e muitas vezes sacrifica a harmonia e lucidez gramaticais.

Os melhores autores clássicos, em certos casos, sentiram a necessidade de abandonar esse estilo tão alinhavado de conjunções por uma frase mais simples e concisa. Tenho presente um trecho de Lucena; é também uma descrição da ilha de Ceilão:

> Porque nesta os matos são toda a boa canela do mundo, pimenta, cárdamo, frutíferos palmares. Nos campos é tanto o arroz, a que eles chamam bate, que deu o nome ao reino de Calon, intitulado a esta conta Batecalon. As pedreiras criam os mais finos rubis, safiras, olhos-de-gato e outra muita sorte de

> pedrarias. O mar, além de muito pescado, é, como já dissemos, um dos três tesouros das pérolas e aljofras do Oriente.

Estes períodos destacados prestam-se melhor aos vários pontos da descrição do que um amálgama de ideias que produziria, como a acumulação de cores, um *pastiche* grosseiro.

Não posso transportar para aqui todas as observações que tenho feito a respeito dos clássicos; limito-me por enquanto a manifestar minha opinião, ou antes, meu gosto em matéria de estilo. Assim aqueles que censuram minha maneira de escrever, saberão que não provém ela, mercê de Deus, da ignorância dos clássicos, mas de uma convicção profunda a respeito da decadência daquela escola.

Crítica feita a Iracema

José de Alencar

Entre as críticas tão ilustradas como benévolas que acolheram *Iracema*, apareceu uma fútil, insulsa, e, sobretudo, de má-fé, porque atribuía ao livro falsidades para servirem de pasto à censura. Recordo-me especialmente de uma sobre o jerimum de que não se fala, nem por alusão remota, em toda a obra; e também do invento de se dar como entendendo latim o pajé dos tabajaras. São perversidades infantis, que não valem a pena de ocupar o espírito do leitor sisudo.

Posteriormente, algumas pessoas das que mais benévolas se mostraram para o livro, comunicaram ao autor dúvidas sobre a exatidão de algumas circunstâncias. Desde então guardei o propósito de, nesta segunda edição, esclarecer aqueles pontos.

Duvidou-se que "Poti do alto do coqueiro flechasse o camoropim nas águas do Mundaú". Se conhecessem a destreza dos selvagens nessa arma, veriam nisso um fato muito natural e até referido pelos cronistas.

Diz Gabriel Soares – *Roteiro do Brasil*, tít. 17, cap. 140: "São os Tupinambás grandes flecheiros, assim para as aves como para a caça dos porcos, veados e outras alimárias; e há muitos que matam no mar e nos rios d'água doce o peixe à flecha, e desta maneira matam mais peixe que outros à linha".

Ainda supondo que o coqueiro fosse prócero, desde que se atenda ao grande volume do camoropim, onde a dificuldade? O pássaro que o índio abatia com a flecha não voa mais alto do que o coqueiro e não tem menor corpo do que o peixe?

Duvidou-se, também, que a jandaia de Iracema viesse do Ipu ter à lagoa de Mecejana. Quem não conhece as emigrações desses pássaros, cujos bandos aparecem e desaparecem com o inverno e o estio? Essas emigrações mais sensíveis se tornam no Ceará por causa das secas frequentes, que obrigam os animais a buscarem as várzeas e, sobretudo, as margens das lagoas e rios.

Duvidou-se, finalmente, que o coqueiro fosse indígena do Brasil; e neste ponto se apoiaram na opinião do Senhor Agassiz. Respeito muito o saber deste naturalista, mas entendo que não tinha elementos para produzir dogmaticamente uma opinião sobre questão de fato.

Laet, a este respeito sem contestação maior autoridade, porque não viu o Brasil a voo de pássaro, mas aqui residiu por largos anos, escreveu no liv. 15, cap. 25, p. 493: – *Il s'y trouve quantité d'arbres qui portent les noix de cocos non pas dans les lieux non cultivés, mais auprès des habitations des sauvages et dans les vergers*. – Para não haver dúvida a respeito da identidade da árvore, deixou-nos a estampa.

Laet escreveu no 2º século do descobrimento, mas primeiro de sua colonização. Era ainda bem recente a introdução das plantas asiáticas, africanas e europeias. Se entre essas estivesse o coqueiro, não é presumível que o naturalista holandês ignorasse o fato. Acresce que não podia a planta, se fosse exótica, ter-se já propagado de tal forma que se encontrasse nas aldeias dos índios não só do litoral como do interior, convindo lembrar o tardio crescimento do coqueiro.

Fernão Cardim – *Narrativa epistolar*, no princípio do século XVII, também menciona o coqueiro como árvore comum naquele tempo, e, embora não afirme positivamente, dá a entender que é indígena. Ferdinand Denis e Liais assim o consideram.

E preciso pôr aqui termo a este pós-escrito, para que não fique um livro acostado a outro.

Outubro, 1870. – J. de Al.

Iracema
Mito, sacrifício e conexões culturais

*Leandro Garcia Rodrigues**

Publicado em 1865, *Iracema* compõe a tríade indianista de José de Alencar, nosso principal escritor romântico e referência nos estudos de identidade e nacionalismo durante o período romântico.

Autor de uma obra vastíssima e marcada pela multiplicidade ideológica e criadora, José de Alencar fez uma perfeita associação entre o artístico-literário e o histórico-político, especialmente em *Iracema*, obra esta que já nasceu com um tema complexo e ainda "em aberto", isto é, a identidade nacional brasileira.

Muitas são as possibilidades de leitura deste romance, tornando-o polissêmico e intrigante, fruto da própria concepção ideológica do autor. Destaco a relação um tanto pacífica entre as duas principais partes envolvidas na colonização – brancos e indígenas – metaforizada na relação amorosa entre Martin e Iracema. Na verdade, há um sintomático abrandamento dessas relações que se realizam sempre pela conciliação dos contrários, na clave da cordialidade. Ou seja, por detrás da história

* Leandro Garcia Rodrigues é doutor e pós-doutor em Letras (Estudos Literários) pela PUC-Rio, crítico literário e especialista em epistolografia: estudos de correspondências de escritores.

de amor entre os protagonistas escondem-se as contradições do nosso violento processo colonizador, bem como o trabalho de imposição do sexo masculino em detrimento da morte do sexo feminino.

Na composição do seu romance, Alencar vinculou arte e sociedade, literatura e política, tecendo um projeto múltiplo que hibridizava estes diferentes valores num momento em que o nosso sistema intelectual ainda era incipiente e trôpego, buscando reconhecer homogeneidades culturais numa ex-colônia (o próprio país recém-independente) profundamente marcada pela heterogeneidade representativa dos nossos valores culturais e identitários. Paradoxos e divergências ideológicas que serviam de ameaça a um projeto estéril e míope de consenso.

Vale lembrar que o contexto brasileiro de José de Alencar estava bem-definido pela indefinição cultural: o que fazer/como conciliar a nossa formação intelectual de matriz clássica com a nossa realidade cultural ameríndia e plural? Como integrar de forma harmônica as diferentes contribuições dadas por brancos, índios e negros ao nosso complicado processo civilizatório? Concordando ou não com ele, a solução de Alencar foi elipsar o elemento negro e enaltecer a relação branco/índio.

É importante notar que há sempre um suporte romântico que permeia toda a narrativa, não apenas na relação de paixão que termina em morte, mas também na configuração dos heróis: fortes, leais, religiosos e fiéis a uma causa do Bem. Isto sem falar da natureza, uma importante personagem na economia do romance, sempre mítica, poética e paradisíaca, isto é, a própria Iracema.

E por falar em relações míticas, a noção de tempo e espaço é bem sintomática, já que no início da história estas duas configurações são apresentadas de forma mágica – "Além, muito além daquela serra, que ainda azula no horizonte, nasceu Iracema". Uma espécie de conto de fadas à brasileira, à maneira da tradição indianista. Uma verdadeira cosmogonia que busca compreender a origem do Brasil através do viés indianista com toda a sua carga de mitos e particularidades.

Tudo isso é parte de um amplo projeto literário e cultural de José de Alencar, no qual ele buscou diminuir o choque civilizatório entre as duas culturas, fazendo crer que o projeto colonizador era também conciliador. E como conclusão desta miscigenação mítica, temos o nascimento de Moacir – o "filho da dor" – isto é, o elemento amalgamador entre brancos e índios, europeus e americanos – o primeiro brasileiro legítimo, nascido e condicionado à morte expiatória da virgem dos lábios de mel. Com isso, a raça brasileira surge a partir de um sacrifício, de uma entrega de Iracema, do seu holocausto partilhado e refletido no amor de Martim. Somos todos "filhos da dor".

Concluindo, esta obra de José de Alencar explora a problemática – sempre aberta – da nossa identidade nacional, dos aspectos que constituem a nossa brasilidade e o nosso *ethos* enquanto nação. Trata-se de uma abordagem híbrida, tensa que revitalizou o mito da cordialidade brasileira que vem desde a *Carta* de Pero Vaz de Caminha. Não se trata apenas da "virgem dos lábios de mel", mas uma personagem que é mito e metáfora da própria história do Brasil e de suas mais diferentes concepções enquanto Nação.

Dialogando com outras artes

Do ponto de vista da simbologia, o romance *Iracema* já está plenamente canonizado na nossa tradição literária, tendo despertado inúmeras releituras de outras manifestações artísticas.

No cinema, temos a montagem do diretor Carlos Coimbra, de 1979, trazendo Helena Ramos no papel de Iracema e Tony Correia como Martim, mantendo uma certa fidelidade à história do romance. Poucos anos antes (1976), uma releitura totalmente crítica deste mito fora realizada em *Iracema – Uma transa amazônica*, dirigido por Jorge Bodanzky e Orlando Senna, trazendo Edna de Cássia no papel principal da índia. Esta releitura problematiza os desmatamentos na região amazônica e os efeitos nefastos desta atividade na vida das populações indígenas locais, levando estes à morte, ao consumo de drogas e à prostituição, como ocorrido com a índia – personagem principal do filme, batizada de Iracema por um caminhoneiro inescrupuloso. Este filme é considerado um marco, especialmente pelo alto teor de crítica à política brasileira durante o Regime Militar.

Na pintura, a tradição pictórica do século XIX e do início do século XX exploraram o mito de Iracema em diferentes nuanças figurativas, mas todas mantendo o cânone romântico. As telas mais conhecidas são as de José Maria de Medeiros (1881) e a de Antônio Parreiras (1909), ambas ressaltando o personagem da índia integrada à bela paisagem nativa e exótica da selva brasileira.

Já na escultura, são várias as representações do mito de Iracema, especialmente no Estado do Ceará, "terra da índia". Destacam-se os trabalhos presentes na Praia de Iracema, na Lagoa de Mecejana e na Praia de Mucuripe, todos em Fortaleza.

Notas de transcrição e estabelecimento do texto

O *Selo Vozes de Bolso – Literatura* se propõe a trazer ao público um novo tipo de trabalho em torno de grandes clássicos da literatura de língua portuguesa. São todos textos já canonizados pela nossa tradição, porém com alguns "aditivos" que agregam valor e força aos mesmos.

Para esta publicação de *Iracema*, utilizei como paradigma a quarta edição, publicada em 1891 pela Livraria Garnier, consultada na Biblioteca Nacional (RJ). Para efeito de aprofundamento, usei a edição crítica preparada por Silviano Santiago, em 1975, e publicada pela Francisco Alves Editores. Além destas duas fontes, também utilizei a edição comemorativa do primeiro centenário de *Iracema*, preparada pela editora Martins e publicada em 1965. A partir da digitalização da edição de 1891, fiz as devidas atualizações ortográficas, necessárias ao leitor de hoje, bem como a revisão da pontuação de acordo com as regras atuais da Nomenclatura Gramatical Brasileira (NGB).

No estabelecimento do texto definitivo, ora publicado, acrescentei alguns textos que enriquecerão a leitura crítica deste romance, a saber:

- a crônica (como prefácio) "José de Alencar: *Iracema*", de Machado de Assis, publicada originalmente na "Semana Literária", seção do *Diário do Rio de Janeiro*, em 23/01/1866;

- os textos críticos escritos pelo próprio José de Alencar e por ele chamados de "Pós-escritos à segunda edição", nos quais problematiza a recepção (tensa) da primeira edição de *Iracema*;

- este posfácio crítico, de minha própria autoria, ressaltando as conexões culturais e ideológicas presentes em *Iracema* ou surgidos a partir deste romance.

Quanto às notas preparadas pelo próprio José de Alencar, de acordo com as primeiras edições deste romance, as mesmas não eram numeradas, certamente pela escassez de recursos editoriais daquela época. Optamos pelo símbolo "*", como em "Jacaúna*", pois se aproxima mais do projeto original do autor. Assim sendo, o leitor deverá recorrer ao final do texto e verificar a tradução do termo destacado. Além das notas feitas por Alencar, existem outras estabelecidas por mim enquanto organizador desta edição. Estas virão numeradas, no rodapé da página, de acordo com o padrão mais usual, sempre fornecendo informações úteis e complementares, especialmente em relação aos arcaísmos e termos da língua Tupi.

Desta forma, esperamos que esta edição de *Iracema* venha preencher um certo vazio de bons textos, no sentido de fornecer a estudantes – e leitores em geral – uma boa oportunidade de contato e encanto com este romance basilar da literatura brasileira.

Índice

Vozes de Bolso – Literatura

- O Pequeno Príncipe
  Antoine de Saint-Exupéry
- Dom Casmurro
  Machado de Assis
- Memórias de um Sargento de Milícias
  Manuel Antônio de Almeida
- O Alienista
  Machado de Assis
- O Cortiço
  Aluísio de Azevedo
- Iracema
  José de Alencar
- O triste fim de Policarpo Quaresma
  Lima Barreto